「馨ちゃ、あ……っ」
爪を隠した前脚が肩に触れ、肉球をぐいぐいと押し当てられながら胸元を舐められる。

illustration by TOMO KUNISAWA

蜜毒《みつどく》の罠《わな》～薔薇《ばら》の王《おう》と危険《きけん》な恋人《こいびと》～

犬飼のの
NONO INUKAI

イラスト
國沢 智
TOMO KUNISAWA

Lovers Label

CONTENTS

プロローグ

僕の恋人は吸血鬼《きゅうけつき》だ。最強の魔王《まおう》でもある。

彼はとても努力して、その本性を直隠《ひたかく》しにしていた。

だからというわけではないけれど、僕は何も知らない振りをする。


大学一年の夏。夜中に目が覚めると、ベランダに人が立っていた。ここは七階だ。

遮光《しゃこう》カーテンを開けてレースのカーテンだけを閉めていたので、人影《ひとかげ》が透《す》けて見える。

彼だとすぐにわかった。上半身裸《はだか》で、シャツを握《にぎ》り締《し》めている。背中には翼《つばさ》が生《は》えていた。

羽毛《うもう》ではなく、蝙蝠《こうもり》のそれに似た翼だ。レース越しでもわかるくらい鮮烈《せんれつ》な血の色をしていた。

──馨《かおる》ちゃん……どうして？

夢でも見ているのかと思った。普段の彼ならこんなことはしない。空から来るなんて初めてだ。

暑くて目を覚ましたところだった僕は、慌《あわ》てて動きを止める。ベッドで寝た振りをしていると、
赤い翼が霧《きり》のように消えた。彼はベランダでTシャツを着てから、コンコンと、硝子《ガラス》を叩《たた》く。

「……誰？　馨ちゃん？」

僕はノックで目覚めたことにして、目を擦《こす》りながら窓に向かった。

薄いレースのカーテンをそっと開けると、硝子越しに目が合う。

彼──雛木馨《ひなきかおる》はとても背が高いので、視線は斜《なな》めに繋《つな》がった。

亜麻色《あまいろ》の髪が夜風に揺《ゆ》れる。いつも自信に満ちた表情は、凄《すご》く淋《さみ》しそうだった。

ああ、何かあったのだとわかる。空を飛んできてしまうくらい、つらい何かがあったのだ。

「馨ちゃん……っ、急にどうしたの？　大丈夫？　いくら最上階だからって屋上からベランダに下りたりしちゃ駄目《だめ》だよ。危ないし……空き巣《あす》と間違えられて通報されたら大変だから」

俺は人間じゃないんだ――そんな告白を聞くわけにはいかない僕は、先手を打つ。

彼も今それを言う気はないようで、「ごめん」と呟《つぶや》いて靴《くつ》を脱《ぬ》いだ。

部屋に入ってくるなり、僕の体を引き寄せて抱き締める。

「……っ、馨ちゃん？」

「理玖《りく》ちゃんは、これからも俺の傍《そば》に居るよな？」

切実に問われて、僕はすぐに「うん」と返した。それに対するお返しは、唇《くちびる》へのキスだった。

威圧的なタトゥーの入った太い腕と、僕をすっぽりと包み込む広くて厚い胸なのに……今夜はいつもと違っていた。僕を抱いているのに、縋《すが》っているみたいだ。キスも凄く優しくて、だからなんとなく……何があったのかわかってしまった。

「そんな、失恋したみたいな顔しないで。馨ちゃんは一応、僕の彼氏だった気がするんだけど」

「一応じゃなくて、彼氏だよ」

嘘《うそ》ばっかり。一応って、絶対思ってるくせに――。

失恋に関して否定しなかった彼は、「泊まっていい？」と囁《ささや》くように訊《き》いてきた。

僕は黒に近い紫色の瞳《ひとみ》を見つめながら、「うん、いいよ」と答える。否定なんてあり得ない。

馨ちゃんの長い片想いが終わったところで、たぶん、僕の片想いはまだまだ続く。それは少し切ないけれど……今はただ、こうして一緒に居られるだけで幸せだった。

1

九年前、夏――。

八月は家族で軽井沢の貸別荘《かしべっそう》へ。小学三年生だった去年も、四年生になった今年も同じ。

理玖は至極《しごく》当たり前のように、来年も同じ夏を過ごすのだと信じていた。

日常を彩《いろど》る幸せに気づくことはなく、家族三人で織《お》りなす日々がかけがえのない時間だということにも、まだ気づいていなかったから――。

「ただいま！　お父さん聞いてよ！　森でハチクマを見つけたんだ！」

理玖は別荘の玄関で靴を脱ぎ捨て、スリッパも履《は》かずに居間に駆《か》け込んだ。

あとになって思えば、あのハチクマとの出会いがすべての幕開《まくあ》けだったのかもしれない。

買ってもらったばかりの双眼鏡《そうがんきょう》で捉《とら》えた、自然界の不思議《ふしぎ》、奇妙《きみょう》な光景。

それはハチクマと呼ばれる鷹《たか》が、地面から雀蜂《スズメバチ》の巣を掘り起こす姿だった。

雀蜂は人間に死を齎《もたら》すほど凶暴《きょうぼう》な蜂でありながらも、ハチクマに対しては意外にも抵抗せず、天敵《てんてき》の出現に巣を放棄《ほうき》して逃げ惑《まど》ったり、観念して貪《むさぼ》られたり。

そこに強者の面影《おもかげ》はなかった。

観察する理玖の目の前で、ハチクマは我が子のために蜂の巣を持ち帰り、巣で待っていた生後一ヶ月ほどの雛《ひな》達は、雀蜂の幼虫や巣を奪《うば》い合った。

弱肉強食の世界――強者の上に立つ、さらなる強者を理玖は見た。

「お父さん？　お母さん？」

興奮《こうふん》していた理玖の眼前に、またもや奇妙な光景が広がる。

数時間前まで同じ場所で談笑《だんしょう》していた両親が、何故《なぜ》か床の上に俯《うつぶ》せになっていた。

顔は窓のほうを向いていてよく見えない。

「二人共どうしたの？」

死んだ振りでもして驚《おどろ》かせようとしているんだと思うと、一瞬だけ笑ってしまった。

父親が気に入っていた白いサマーセーターや、母親が愛用していた淡《あわ》いピンク色のエプロンに血が染みているのを見るまでは、冗談《じょうだん》のようで、現実味も何もなくて――。

言葉が出なかった。足が竦《すく》んで動けない。目を逸《そ》らすこともできない。

いつしか理玖は、両親の首についた咬《か》み傷《きず》を凝視《ぎょうし》していた。

まるで、映画に出てくる吸血鬼に咬まれたような痕《あと》。

小さな穴から溢《あふ》れた血は、すでに止まっていた。

しゃがもうとしなくても膝《ひざ》が勝手に折《お》れてしまい、床についた手が母親の指に触れる。

嘘のようにひんやりとしていた。水仕事のあとですら、こんなに冷たかったことはない。

「――っ、う……あ……」

どうしても言葉にならなかった。口から漏《も》れるのは、唸《うな》り声のような慟哭《どうこく》だけだ。

避暑地《ひしょち》で楽しく過ごす方法と、夏休みの宿題のことだけを考えていればよかった日々は、突然終わる。静かな森の中で、音もなくひっそりと――。

鷹上理玖《たかがみりく》が両親の遺体《いたい》を発見してから、四十八時間が経過していた。

横浜在住の理玖は、旅行先の軽井沢を出て鎌倉《かまくら》に居る。

大叔父《おおおじ》と名乗る人物に連れられて来た先は、神社《じんじゃ》に隣接《りんせつ》した屋敷《やしき》だった。

古い日本家屋で、おぼろげだが、今よりもっと子供の頃に何度か来た記憶がある。

「ここがどこか思いだしたかい？」

赤い凌霄花《のうぜんかずら》が咲《さ》き乱《みだ》れる庭を歩きながら、理玖は大叔父の鷹上善一《たかがみぜんいち》に問われた。

彼は艶《つや》のある白髪《しらが》混じりの初老《しょろう》の男で、如何《いか》にも上質な和服姿といい立ち居振る舞いといい、大層裕福《たいそう》で品のよい人物に見える。柔和《にゅうわ》な顔立ちは父親に少し似ていた。

両親の死後、一一〇番通報すらできなかった理玖の前に突然《とつぜん》現れたのだが、以前何度か会った記憶が残っていたおかげで警戒心《けいかいしん》は抱かなかった。

放心していた理玖は、大叔父の善一と、その息子の良仁《よしひと》に保護され、「あとはすべて私達に任せなさい」という言葉に従って匿《かくま》われている。

「ずっと前に、お父さんと……父と、一緒に来ました。たぶん」

理玖が答えると、善一は直射日光を受ける床几《しょうぎ》の前で足を止めた。

彼が腰かけたので、理玖も隣に座る。木製の床几は驚くほど熱くなっていた。

目の前には玉砂利《たまじゃり》が敷き詰められた庭――石橋が架かった池と枯山水《かれさんすい》、松の大木や竹林があり、紅椿《べにつばき》の木が高い塀《へい》の内側に生垣《いけがき》を作っていた。

「君のお父さんは私の甥《おい》っ子《こ》でね、自分の力を受け継いだ息子を時々連れてきてくれたんだよ。君にも見えるんだろう？　炎《ほのお》のような赤いオーラを背負った、禍々《まがまが》しい者達が……」

善一の言葉に、理玖は耳を疑った。それは決して口外してはいけない秘密だ。

母親にすら言うなと言われていた。父と自分だけの秘密。もしも他人に話したら、嘘つきだと詰《なじ》られ、下手をすれば病院に入れられてしまうと忠告されていたのだ。

「お父さんが、誰にも言っちゃいけないって」

「心配しなくても大丈夫だ。この屋敷に出入りする人間は全員、君と同じ能力を持っている」

「——え？」

「紫の炎のオーラを持つ者を、見たことがあるかい？」

「紫……？」

じりじりと照りつける夏の陽射しの中で、妙な質問に驚かされる。

赤いオーラを持つ人間は、月に一人くらいのペースで見かけることがあったが、紫のオーラを持つ人間には出会ったことがなかった。

「赤いオーラを持つ者は使役悪魔《しえきあくま》といって、紫のオーラを持つ者の部下なのだよ。人間の感覚で言うなら、子供だ。赤は日本に数千人居るようだが、紫は数人しか居ない。人間ではないことを隠《かく》して罪《つみ》のない女を騙《だま》し、悪魔の子供を生ませているのだよ」

「悪魔の、子供？」

「そう、悪魔の子供だ。カッコウの托卵《たくらん》行為を知っているかい？」

「は、はい」

「バードウォッチングが好きな君には、説明するまでもないか。あとは、そうだな……寄生蜂《きせいばち》に譬《たと》えてもいい」

理玖は話の筋《すじ》が見えないまま、「どっちも知ってます」と答えた。

カッコウは他の鳥の巣に卵を産みつけ、自分の子供を育てさせる。

早く孵《かえ》ったカッコウの雛は、育ての親の卵を蹴散《けち》らして落とし、厚かましく育つのだ。

寄生蜂も同じく、蝶《ちょう》の幼虫に産卵管《さんらんかん》を刺《さ》して卵を産みつけたり、他の蜂の巣に産卵したりと、人間の目から見ると非常に残酷《ざんこく》で姑息《こそく》な方法で子孫を残す。

観察の対象として興味はあるものの、どちらもおぞましくて嫌いだった。

「悪魔は人間の女の腹に子種を植えつける。特に狙われるのは、夫を持つ女だ。生まれた子供は母親そっくりの人間の赤子として生まれるため、その夫婦の子供として大切に育てられるが……第二次性徴《せいちょう》を迎える頃になると悪魔として覚醒《かくせい》し、赤いオーラを立ち上らせる」

「僕が時々見かける赤い人達は、人間じゃないってことですか？」

「半分人間の血を持った悪魔だ。彼らは覚醒すると育ての親を捨て、本当の父親の許《もと》に……紫のオーラを持つ男の許に行く。父親を主と崇《あが》め、人の生き血を啜《すす》って生きるのだよ」

「……人の、生き血？」

「そう、生きている人間の血だ。悪魔の種類は様々だが、いずれも血を好み、人間の首筋に咬みついたり肉を食らったり。それはそれは残酷な殺しかたをする」

「——っ……う」

二日前に見た凄惨《せいさん》な光景が脳裏に浮かび、理玖は転がるように床几から離れた。込み上げる吐《は》き気《け》を抑《おさ》えられず、花壇《かだん》の隅《すみ》で嘔吐《おうと》してしまう。

「……ぐ、う……う、っ」

精神的なショックからあまり食べられなかったので、吐いたのは水ばかりだった。

羞恥心《しゅうちしん》も何もかもどこかへ飛んでいき、苦しさから逃げるためにすべてを吐きだす。

それでもなお苦しくて、激しく咳《せき》込んだ。喉《のど》がひりついて痛くなり、空《から》っぽの胃が軋《きし》む。

「――ごめ、なさ……」

謝ってはみるものの、顔を上げることができなかった。

勝手に溢れた涙で頬《ほお》が濡《ぬ》れ、ぐしゃぐしゃになっていく。

背後から、「気にしなくていい」と声をかけられた。

玉砂利を踏む雪駄《せった》の足音が迫ってくる。

「これで口を拭《ぬぐ》いなさい。今から君を、本殿《ほんでん》に案内しよう」

花壇に大きな影《かげ》が落ち、とてもよい香りの手巾《しゅきん》を渡された。

伽羅《きゃら》の香りだと、大叔父から聞いている。

それはあまりにもよい香りで、けれど日常とかけ離れ過ぎていた。

これまでの自分からは、想像のつかない運命が待ち受けている気がする。

ほんの少し人と違う力を持っていたけれど、だからといって特別な人生を歩む気はなく、もし特別を望んだところで縁《えん》がない気がしていたのに、今は否応《いやおう》なく特別な道を引き回されていた。

両親を殺された時点で、もう二度と普通の道に戻ることはできないのだろう。

いくら願っても時間は巻き戻せず、悪夢は覚めない。

「ここは表向き鷹神《たかがみ》神社という名で、この先が境内《けいだい》……御神体《ごしんたい》を祀《まつ》っている神域《しんいき》だ」

足をふらつかせながら善一について行った理玖は、神社の表側に案内される。

この二日間を過ごしたのは裏側の家屋で、昔ながらの寺のようだと思っていたが、表側はより完全に宗教《しゅうきょう》施設の雰囲気《ふんいき》を醸《かも》しだしていた。

鳥居の先の石の階段を上がると本殿に続く長い渡り廊下《ろうか》があり、下には庭の枯山水が見える。本殿の吹き抜けの格天井《ごうてんじょう》には、大きな瓔珞《ようらく》付きの天蓋《てんがい》や、金の柱のような幢幡《どうばん》がいくつも取りつけられていた。

天井の升目《ますめ》には黄金の花々が描かれ、さらに立体の金の花を連ねた物が垂《た》れ下がっている。

「これが、御神体……？」

理玖は寺に似た本殿に踏み込むなり足を止め、先を行く善一の背中と御神体を交互に見る。

この神社が祀っている神の姿は、理玖がこれまで見た仏像《ぶつぞう》とは異なる物だった。

金属で作られた御神体は、それほど大きな物ではない。

――僕は、前にも……これを……。

思えば確かに、ここに来てこの像を見たことがあったが、記憶の奥に仕舞い込んで忘れていた。

酒や果物が積み上げられた供物棚《くもつだな》の向こうで、それは凜々《りり》しく立ち、翼を閉じた姿で嘴《くちばし》に蜂を銜《くわ》えている。ほぼ実物大の、鷹の像だった。

「蜂……角、鷹……？」

理玖は鷹の形をした御神体の横に書かれた三文字を、ばらばらに読み上げる。

どこかで見た並びの三文字だったが、繋げて読むことはできなかった。

「蜂、角、鷹と書いて、ハチクマと読む。理玖くん……君はあの日、雀蜂を捕食するハチクマを見たと言っていたね。それは運命としか言いようがない偶然。いや、神の啓示《けいじ》だったのだろう」

「神の啓示……」

「そう、神は君に使命を与えた。我々蜂角鷹《はちくま》教団《きょうだん》は、日本の国土を魔物から守るために、蜂角鷹神《しん》に神眼《しんがん》を与えられた退魔師《たいまし》の一族だ。世界的魔族組織ホーネット教会を崩壊《ほうかい》させ、忌《い》まわしき者達を駆逐《くちく》できる……最強の一族なのだよ」

善一の斜め後ろから鷹の像を見上げていた理玖は、背後に回り込んできた彼に両肩を包まれる。肩を揉《も》むように押さえられながら、「君の両親は吸血鬼に殺された」と、耳打ちされた。

「──吸血鬼っ⁉」

「そう、吸血鬼だ」

「そんな、まさか……っ」

「信じられないかもしれないが、この世に居てはならない者達が、この国に巣食っているのだよ。そして君は一族の中で誰よりも強い退魔の力を持っている。神の目だけではなく、神の血を持つ正真正銘《しょうしんしょうめい》の退魔師だ。それは君の父親も承知していたことでね……いつか教団のために尽力《じんりょく》する心積《こころづ》もりで、何度か君をここに連れてきて私に会わせたりしていたのだよ。選ばれたヒーローである君は……確かに持っているんだ。この国を魔の手から救う力を」

両親が殺された軽井沢の別荘でも、こんな体勢で善一に囁《ささや》かれた。

警察《けいさつ》を呼ばずに遺体を回収した彼は、理玖に向かってこう言ったのだ。「二人を殺した犯人は、人間じゃない。警察では捕まえられない連中だ。私と君の力で、必ず倒そう」と──。

2

夏休みが終わって二学期が始まった翌週、理玖は私立薔聖《しょうせい》学園軽井沢校に転校した。

始業式に間に合わなかったのは、精神的なダメージから来る体調不良のせいだったが、善一に言われるまま引っ越したことや、海外に行っていたことも影響《えいきょう》している。

引っ越しは横浜の一戸建てから軽井沢のマンションへ。

父親は失踪《しっそう》として片づけられ、母親の名を名乗って同居人となったのは、背格好が母親に似た独身の教団員女性だった。

あまり慣れ合うなと忠告されたが、理玖がどう接しようと彼女自身が家政婦のようなものだと割り切った接しかたをしてくるので、関係性を変える隙《すき》はなかった。

そして急きょパスポートを申請《しんせい》して渡航した先は、かつて日本の樺太《からふと》庁が置かれていたユジノサハリンスクだ。

北海道の宗谷岬《そうやみさき》から五十キロ程度という、実に近い異国だった。

善一や良仁、他の教団幹部らと共にロシアに渡った理玖は、そこで或《あ》る人物に会った。

日本資本の石油開発事業が展開される町で、初めて紫のオーラを持つ者と対面したのだ。

ホーネット教会内で貴族悪魔《きぞくあくま》と称される紫の者と握手を交わした善一《あくしゅ》は、「敵組織に所属しているが、恐れる必要はない。彼は貴重な内通者だ」と紹介した。

理玖もまた、決して大きくはない彼の手を握って握手を交わした。

微弱な紫のオーラと瞳を持つ彼は、十代前半の少年の姿を持つダークエルフだった。

ホーネット教会に所属する貴族悪魔の一人が、蜂角鷹教団に魔族側の情報を流しているという事実は驚くべきものだったが、彼の目的は非常にシンプルでわかりやすかった。

願うことはたった一つだけ。ホーネット教会を崩壊させ、女王の悪政からダークエルフという種族そのものを解放することに他ならない。

「始業式の日に知らせた通り、このクラスに転校生を迎えることになった。名前は……」

硝子が嵌《は》め込まれた木製の扉の向こうから、先に教室に入った男性教師の声と、黒板に文字を書く音が聞こえてくる。

理玖のフルネームを板書《ばんしょ》したらしい教師は、「鷹上理玖くんだ」と言った。

理玖は肩に食い込む新しいランドセルに手を添えて、ぐっと息を詰める。

ここ、私立薔聖学園は幼稚園から高校までの一貫教育校だ。余程の問題がない限りは高校まで上がることができる。入学金や授業料が高いことや、高額な寄付金が必要になることで有名だが、ミッション・スクールらしい校舎と、上品な白制服は全国的にも人気が高かった。

園児と小学生は、夏季に限って私服登校も許されているものの、理玖は教団が用意した制服を着用して登校した。半袖《はんそで》ブラウスの上にランドセルを背負い、四年一組の教室の前に佇《たたず》む。

「鷹上くんは神奈川県の横浜市にある学校から来たんだ。皆、拍手《はくしゅ》で迎《むか》えてくれ」

若い教師がそう言うと、教室の中から拍手が響《ひび》いてきた。

私語は聞こえず、教師が扉《とびら》を開けたあとも拍手はまだ続いている。

「――っ！」

教室に一歩踏み込んだ途端《とたん》、理玖は一番後ろの窓際《まどぎわ》の席に目を留めた。

遠くから真っ直ぐに向けられる視線に囚《とら》われ、釘《くぎ》づけになってしまう。

そこに座っていた亜麻色の髪の少年――雛木馨の体から立ち上るオーラを見るなり、ドクンと心臓が跳ね上がった。全身の血が一気に冷えて、体中に鳥肌が走る。

――黒い炎みたいな、物凄《ものすご》いオーラ……紫に近い、黒……！

事前に大叔父から詳細な情報を聞かされ、覚悟していたにもかかわらず足が竦《すく》む。

制服姿の生徒が多い教室内で、馨は私服姿で拍手をしていた。何故かやけに力の籠《こも》った拍手で、視線も熱い。他の生徒以上に自分を歓迎している様子なのが不思議だった。

「鷹上くん、どうしたんだ？　緊張《きんちょう》しなくていいから入りなさい。うちのクラスは仲がいいし、新しい友達を歓迎《かんげい》してるよ。リラックスして自己紹介すれば大丈夫だから」

「は、はい……あの、鷹上理玖です。横浜から引っ越してきたばかりで……私立の学校は初めてなのでわからないこともあって、でも、あの……よろしく」

一度は止《や》んだ拍手が再び起こり、「超可愛いー」「女子みたーい」と黄色い声が上がる。

教師は私語を軽く注意してから、「鷹上くん、席はあそこね」と、馨の隣《となり》の席を指した。

「学級委員の雛木くんの隣を空けておいたんだ。わからないことがあったらまずは彼に訊いて、それでもわからない時は先生にね」

「は、はい」

理玖は三十人ほどの男女の視線を集めながら、馨の隣の席に向かう。

ここまではすべて想定内だった。暗紫色《あんししょく》のオーラを持つ少年、雛木馨がこの学園の四年一組の学級委員であることを知ったうえで、善一は理玖をこの学園に転校させたのだ。

寄付金を積んで無理やり同じクラスにしてもらうと、馨の親の耳になんらかの情報が入って、警戒《けいかい》されたり素性《すじょう》を調べられたりする恐れがあるため、そこだけは運任せだった。

始業式の日に一組に決まったと連絡が入った時は、蜂角鷹教団の教祖を務める善一はもちろん、他の教団員も大層喜んだものだ。

何しろ理玖の役目は、魔族の中で唯一無二《ゆいいつむに》と言われる純血種《じゅんけつしゅ》の悪魔――言うなれば最強無敵の悪魔に近づき、懇意《こんい》にすることにある。今日から推定《すいてい》九年の歳月をかけて懐《ふところ》に入り込み、信用を得て油断させ、時が満ちた際に速《すみ》やかに暗殺《あんさつ》するのが目的だ。

「一応学級委員とかやってるんで、よろしく」

左隣の席の馨に声をかけられた理玖は、血の凍《こお》るような思いで「よろしく」と言おうとする。しかし彼の激しいオーラに圧倒されてしまい、唇も舌《した》も動かせなかった。

一見爽《さわ》やかな笑顔を向けてくる馨から立ち上るオーラはあまりにも壮大《そうだい》で、教室の天井を突き抜けている。後方の壁《かべ》には夏休みの自由研究が貼《は》りだされていたが、暗紫色の炎のフィルターがかかって見える有様だった。窓外の輝かしい朝の景色も、馨の背中越しに見ると濃い色がついて台無しになっている。これまで目にしてきた、赤や紫のオーラとは比較のしようがなかった。

しかし彼ら悪魔は、人間の中にこういう目を持つ者が存在することを知らないのだ。

上手く人間に化けていると思い込んでいる彼らに、正体が丸見えですよ……と教えてやりたい気持ちになる。同時に、この目の力が全人類に備わっていればいいのに……とも思った。もしもそうだったら、彼らは山奥か地下にでも身を潜《ひそ》め、こそこそと暮らすしかなくなるのに。

――この子と、仲よくならなくちゃ……嫌われないようにして、誰よりも一番仲よく。

両親を殺した吸血鬼の仲間だと思うと、本当は近寄りたくもなかった。けれども自分に特別な力があるなら、それは生かしたいと思う。復讐《ふくしゅう》と、人間社会の平和のために、他の誰にもできず、自分だけができることがあるのだ。

——そんなに難しいことじゃないって、思ったのに……。

理玖は馨に一言も返せないまま、ひくつく唇で辛《かろ》うじて笑みを作り、彼に会釈《えしゃく》した。

今はこれが精いっぱいだった。社交辞令《しゃこうじれい》に対して無難《ぶなん》な愛想《あいそ》笑いを返せたので、なんとかこの場は切り抜けられただろう。魔のオーラが見えることに気づかれてはならないのだ。あくまでも、転校生が緊張《きんちょう》しているだけ……と信じ込ませる必要がある。

「顔色が悪いな、すげぇ真《ま》っ青《さお》」

「——っ、き……緊張しちゃって……」

「保健室にでも行く？　うちの保健の先生、わりとすんなり寝かせてくれるぜ」

馨は気さくに声をかけてきた。視線も真っ直ぐで、一度目が合ったら逸《そ》らせそうにない。

隣の席に着いた理玖は、「大丈夫、ありがとう」と答えた。

とりあえず会話ができたことに、ほっと胸を撫《な》で下ろす。ただ隣《となり》に居るというだけで、心臓を氷漬《こおりづ》けにされている感覚だった。細い呼吸を繰《く》り返《かえ》しながら心身を落ち着かせる。

理玖が座ったのを見届けた教師は、「はい静かにー。一時間目の授業を始めます」と教室全体に届く声で言った。壁に貼られた時間割によると、一時間目は国語だ。

新しい教科書を持ってきていた理玖は、国語の教科書とノートを開く。

馨が成績優秀だということを事前に聞いていただけに、勉強面で後れを取るのが心配だった。

彼と仲よくなるには、馬鹿だと思われてはいけない。そしてこれから先、彼と同じ中学、高校、大学に上がる学力が必要になる。暗殺決行の時は、馨が成長して魔族組織の女王を倒した時だ。人前に姿を現さない最強無敵の女王に、蜂角鷹教団の人間が近づく術《すべ》はないに等しい。女王を倒せる可能性を持つ唯一の存在である馨を生かしておき、成長した彼が女王を倒すのを待つしかないのだ。その時こそ、退魔師の力を使って馨を暗殺する。

現存する純血種が二人共死亡してホーネット教会を統率《とうそつ》できる者がいなくなれば、主権を争う魔族戦争が起きるだろう。彼らはこぞって各々の種族から純血種を生みだそうとするはずだ。しかし新たな純血種が生まれる前に、蜂角鷹教団は悪魔の存在を世界に公表するつもりでいる。数の力で人間に劣《おと》る彼らは滅び、悪魔の王国は姿を消す。

あとあと純血種が複数誕生しても、血で血を洗う激闘《げきとう》が魔族間で起きるだけの話だ。蜂角鷹教団の秘《ひ》めた力を各国の軍に提供すれば、純血種を倒すのもそう難しいことではない。内通者のダークエルフは自由を得てひっそりと暮らし、好戦的な他の種だけが殺し合うのだ。

この計画を実行するためには、いつでも馨を殺せる場所に理玖が居る必要があった。親友と言えるほど近づかなくてはならない。この恐ろしい少年と、毎日顔を合わせて——。

「住んでたとこって、横浜のどの辺？」

授業が開始して数分経ってから、馨が小声で訊《き》いてきた。

少し身を寄せられただけでびくついてしまった理玖は、気を取り直して「関内《かんない》」と答える。

「横浜都心じゃん、いいな、海の近く？」

「あ、うん……山下公園が近くにあるから、よく散歩に……」

理玖は「去年死んじゃったんだけど、犬を飼ってたから毎日散歩してたんだ」と付け足そうとして、すんでのところでやめた。ダークエルフからの情報によると、馨が暮らしている屋敷は豹《ひょう》族の貴族悪魔、李蒼真《リーツァンヴェン》の住まいだ。推測だが、彼は犬よりも猫のほうが好きかもしれない。

「じゃあ中華街も近いんだな。取り寄せなくても美味《うま》い肉まん食えたんだ？」

「う、うん……肉汁たっぷりで、美味《おい》しいんだよね」

どうしても声が震《ふる》えてしまったが、理玖は馨に話題を合わせようとした。

人間の目では馨の種族を見極めることができないが、教団が馨の学友を通じて仕入れた情報によると、彼は肉食の大食漢《たいしょくかん》だ。好きな時間は昼休み、趣味は昼寝、得意な科目は音楽と英会話。授業をサボりがちな科目は理科と美術で、実験で使う薬品や画材のにおいを嫌っているらしい。

「いいなぁ肉まん……つーか、海がいいよな、海。いつか海の見える家で暮らしたいかも」

「軽井沢も緑豊かでいいと思うけど、海はないもんね」

理玖は、馨が自分に興味を向ける理由にようやく気づいた。

長野県はいわゆる海なし県だ。彼が横浜からの転校生の登場に思い切り拍手をしたのは、そういう理由だったのだろう。とりあえず幸先《さいさき》はいい。しばらくは横浜の話で釣《つ》れそうだ。

「馨くんは軽井沢のどの辺に住んでるの？」

「——あれ、下の名前言ったっけ？」

馨に問い返された理玖は、何気ない視線に囚われて居竦《いすく》まる。

彼のオーラが怖いのもあったが、早速《さっそく》失態を犯してしまったのだ。教師は「雛木くん」としか言わなかったし、名札をつけているわけでもない。フルネームを知っているのは不自然だった。

「あ……先生から、事前に教えてもらってたから。学級委員だって。最初に名前を聞いた時は、女の子かと思ったんだよ。あと、誕生日が一緒だってことも聞いてるよ」

理玖は焦《あせ》りながらも笑みを浮かべ、名前を知っている理由を捏造《ねつぞう》する。

知った時の感想や他の情報まで添えることで信憑性《しんぴょうせい》を持たせ、警戒されるのを避《さ》けようとした。

思えば、自分の今の質問も不自然だったと気づく。学校が軽井沢にあるからといって、生徒の誰もが軽井沢に住んでいるわけではないのだ。

「へぇ、じゃあ学年で一番年上だな。うちは旧軽井沢の鹿島《かじま》の森《もり》ってとこ。知ってる？」

「う、うん……テレビとかで観たことあるよ。超セレブしか住めないとこだよね？」

「さあ、そういうの興味ないけど、少なくともうちはセレブじゃないよ。有名じゃないもん」

くすっと笑った馨は、閉じたままの教科書の上に頬杖《ほおづえ》をつく。

裕福な家の子供がすかしているというよりは、セレブという言葉を皮肉《ひにく》っているようだった。

将来的に魔族の王になる気だとしたら、人間社会の地位や名誉《めいよ》に興味がないのも当然だろう。

彼がいつか手に入れるものは、そんなものを遥《はる》かに超越しているはずだ。

――ダークエルフの話によると、この子のお父さんは女王に幽閉《ゆうへい》されてるんだし、九年後……お父さんが解放されたら、女王を倒すんだよね……悪い魔女に代わって、新しい王になる。

自分と同じ空間で同じ机と椅子を使い、ごく普通のTシャツ姿で隣に居る少年は、間違いなく悪魔だ。それも並々《なみなみ》ならぬ力を持った純血種の悪魔。

それを誰よりも感じられる目を持っているにもかかわらず、いまいち現実味が湧《わ》かなかった。

日本人離れした亜麻色の髪と暗紫色の瞳を持ってはいても、彼は一応、年相応の少年に見える。

かなり目を惹《ひ》く容姿ではあるが、そこそこ普通の小学生だ。漫画を読んだりゲームをやったり、学校帰りに買い食いしたり、そういうことをしそうな子供に見えた。

「俺の名前もそうだけど、理玖って名前も女っぽいよな……っていうか、顔も可愛いし、凄く」

「――え？」

授業中の私語はやめたのかと思いきや、馨は再び話しかけてきた。

相変わらず頬杖をつきながら、値踏みするような視線を送ってくる。

「よく言われない？　都会に住んでたならスカウトとかされそう」

「う、ううん……全然、そんなこと……」

教師に気づかれて叱《しか》られやしないかとハラハラしていた理玖は、より声を潜《ひそ》めた。

本当は体を少し左側に寄せるべきなのだろうが、本能的に右側に寄ってしまう。

親しくしなきゃと思う気持ちと逃げたい体が、矛盾《むじゅん》した行動を取っていた。

「なくないだろ？　俺、美人を見る目は確かだと思うよ」

「そ、それは……どうも……」

理玖は馨の発言の意図がわからず、困惑《こんわく》して俯《うつむ》く。

正直なところ、容姿を褒《ほ》められることはあった。芸能プロダクションにスカウトされたことも何度かある。両親は子供の目から見ても慎重《しんちょう》かつ堅実《けんじつ》なタイプだったので、「子供特有の可愛さは一生続くものじゃないから、褒められても真に受けちゃ駄目《だめ》」などと言っていたものだ。

謙虚《けんきょ》を美徳《びとく》とする日本人らしい考えかたを大切にしており、他人が理玖の容姿を面と向かって褒めることを、教育上よくないと思っていたのは明らかだった。

「男は……成長すると顔が凄く変わったりするから、当てにならないって言われて」

「大丈夫だよ、理玖ちゃんはそのまま美人に育つ。俺が保証《ほしょう》する」

「――っ、あ、ありがとう」

馨は人の顔をまじまじと見ながら、得意げに口角を持ち上げる。

変な子だな、と思った。保証などできるはずもないし、他人の美醜《びしゅう》などどうでもいいことだと思えるのに、何がそんなに楽しいのだろう。

「馨くんは、美人が好きなの？」

「そりゃもちろん。俺ね、綺麗《きれい》なものと可愛いものと、いい匂《にお》いがするものと美味いものと……あと、気持ちいい声と音と、肌触《はだざわ》りのいい物が好き。毛皮とか堪《たま》らないよな♪」

「毛皮……？」

話が脱線《だっせん》しているうえに、真夏に何を言ってるんだろう……と首を捻《ひね》った理玖だったが、数秒遅れて彼が何をイメージしているのか気づく。

馨の同居人は豹族の貴族悪魔だと聞いていた。毛皮が好きというのは、製品としての毛皮ではなく、生きた豹の毛皮のことを指しているのだろう。

「馨くんて、面白いね。好奇心……強そうだし」

「特に気に入ったものにしか反応しないけどね」

「――っ」

「可愛い子は好きだよ、男でも女でも」

そう言って笑う馨の顔には、どう見ても普通の子供ではない余裕がある。

年相応の少年に見えたのは、完全に気のせいだった。

もしくは、彼の持つほんの一面に過ぎなかったのだろう。

馨の絶対的な余裕が揺《ゆ》るぎない自信からくるものであることを察すると、理玖の胸は騒《さわ》ぐ。

知的生物の頂点に立つ強さと永遠の命を持つ彼が、自信家なのは当たり前だ。普通の小学生の皮を被《かぶ》っていても、やはり違う。

しかしその自信を打ち砕《くだ》く力が、自分には備わっているのだ。

彼のように強いわけではないが、悪魔を倒せる秘密の力を持っている。

——君はいつか、ハチクマに食べられてた雀蜂みたいに……僕に殺されるんだよ。

幼虫のうちではなく、成虫になってから——悪しき女王蜂を倒し、王として君臨《くんりん》したあとで、彼は死ぬ。とても簡単な方法で、呆気《あっけ》なく殺されてしまうのだ。

——苦しむのかな……その頃には僕を親友だと思ってて、裏切られたことに驚いて、怨《うら》んだりするのかな……痛がって、呻《うめ》いて……床の上を転がり回って、血を吐いて……。

こうして馨と対面するまでは、ロールプレイングゲームのラスボスを倒すような気持ちでいた理玖だったが、人の姿をした生き物を殺すということを具体的に考えると怖くなった。

自分は蜂角鷹教団の人間になったが、ハチクマではないし、彼は雀蜂ではない。

人間に似た姿を持ち、感情も知性もある生き物だ。

死ぬ時は、きっと苦しむだろう。もっと生きていたかったと思うだろう。怨みに目を剝《む》いて、無念に涙《なみだ》するかもしれない。

「——っ、う……ぐ……」

馨の死について考えた途端、理玖は両親の死に様を思いだす。

途端に吐き気が込み上げて、席を立たずにはいられなかった。

「理玖ちゃん⁉」

「鷹上くんっ⁉」

馨や教師が声を上げたが、理玖は構わず廊下に飛びだす。

人前で嘔吐するわけにはいかず、男子トイレに向かってひたすら走った。

口を押さえていても涙が次から次へと溢れてきて、胃の底から不快感《ふかいかん》と共に後悔《こうかい》が迫《せ》り上がる。

大叔父に言われるまま、本当にゲームのように「暗殺」だとか「刺客《しかく》」だとか「復讐《ふくしゅう》」だとか、縁遠いはずの用語を受け入れてしまったけれど、本当に自分にそんなことができるのだろうか。

警察に捕まらなければそれでいいのか？　相手が人間じゃないなら殺していいのか？　両親を殺した犯人でもないのに、復讐と言えるのか？　自身に問えば、否と返ってくる。天国の両親も、きっと同じことを言うだろう。

「……う……ぅ……」

男子トイレの個室に駆け込んだ理玖は、扉《とびら》を閉める余裕もなく嘔吐する。

まだ初日だというのに心が折れそうで、これから九年近くも馨の近くにいる自信がなかった。

表面上でも友人になるなら、彼が楽しそうに笑っている姿を見ることもあるはずだ。

自分はそのたびに、いつかコイツを殺すんだ……と思いながら、本心を隠してにこにこと笑い返すのだろうか。

――そんなこと、できないよ……大叔父様……僕には、そんなこと……。

逃げだしたい。「僕には無理でした」と言って、謝って許してもらいたい。

転校手続きを取ったり軽井沢に引っ越したり、ロシアに渡ったり、ダークエルフに会って話を聞く前に、気づけばよかった。

人の形をした者を……それも、友人のような関係を築いて長年一緒に過ごす相手を殺すことがどういうことか、想像できないほど自分は愚《おろ》かだった。両親の死によって頭がどうかして正常な判断ができていなかっただけだ。

――……でも、もう……引っ越しまでして、転校もして、制服も用意してもらって、こうして会ってしまった。悪魔の組織をバラバラにすることが僕にしかできないことなら、たとえこれが正義じゃなくても……もし、悪だとしても、僕は……耐《た》えなきゃいけないのかもしれない。

特別な力を持っていると言われ、多くの教団員から救世主《きゅうせいしゅ》だの最強の退魔師だのと崇められ、ヒーローになれると勘違《かんちが》いしていたのだろうか。

自覚がなかっただけで、そういう優越《ゆうえつ》が心のどこかにあった気がする。

両親を失い祖父母もなく、頼る人が大叔父しかいない中で、誰かに大切にしてもらえる価値を自分に見いだせたことに、ほっとしていたのは事実だ。

――これから、どうしよう……。

理玖は洋式トイレの水を流し、洗面台に向かう。

そこで何度か口を漱《すす》いでいると、扉を開ける音が聞こえてきた。

馨が追いかけてきたのかと思ったが、そうではない。見ず知らずの男子生徒が入ってくる。

「鷹上くん、大丈夫？　なんか、先生と雛木くんが心配してて」

制服姿の小柄な少年は、「あ、俺は保健係」と補足した。

「だ、大丈夫。ちょっと緊張しちゃって」

「そう、それならいいけど。雛木くんが、『俺を怖がってるみたい』とか言っててさ。確かに雛木くんは背ぇ高くて怖そうに見えるかもだけど、案外いい奴だからさ」

新しいクラスメイトの言葉に、理玖は胃の辺りを押さえた。

警戒されてはいけないのに、完全に不味《まず》い方向に行ってしまっている。

今日のところは過度の緊張ということで誤魔化《ごまか》せたとしても、今後も同じようなことがあって、馨に嫌われたら計画が水の泡《あわ》だ。刺客としての役目を全《まっと》うする覚悟が揺らぎつつあったが、今の段階ではまだ可能性を残しておきたい。

「保健室、行く？」

「うん……そうするけど、でも、雛木くんに伝えてくれる？　ほんとに凄く緊張したせいなんだ。それに軽井沢は横浜よりずっと涼《すず》しいから、夏風邪《なつかぜ》を引いたみたいで」

「うんうん、言っとく」

少年は軽く頷《うなず》きながら廊下に出て、「保健室は一階。そこの階段下りてー」と説明しだした。

理玖は場所をしっかり聞いておこうと思い、慌《あわ》ててあとを追う。

しかし口で言うだけではなく案内してくれるらしく、「一人で行くよ。授業……困るだろ？」と遠慮《えんりょ》すると、「保健係が連れていく決まりだから」と返された。

「あの……雛木くんて、いい奴、なの？」

マリア像が飾ってある中央の大階段を下りながら、理玖は彼に訊いてみる。

これからどうするべきかわからなかったが、今は馨のことをよく知って、じっくりと考えたい気持ちが強かった。

「ん？　ああ、すげぇんだよアイツ。去年さ、うちの学校の一年生が誘拐《ゆうかい》されそうになった時に一人で撃退《げきたい》しちゃって。大人三人を素手《すで》でボコボコにしたんだぜ。空手習ってたとかで」

「そうなんだ、凄いね。雛木くん空手やってるんだ？」

「でもちょっと変なんだよな。俺もその場に居て……兄貴が空手やってるんで少しはわかってるつもりだけど、アイツの全然空手じゃなかった。つーか、あれただの怪力《かいりき》だと思う」

「——っ」

「それにしても凄いのにさ、地元の新聞記者が来ても取材とかお断りで。なんか、親が厳《きび》しいんだってさ。そのわりに制服着てこないこと多いし教科書は持って帰らないし、そんなに厳しい親とは思えないんだけど……まあ、とりあえずいい奴だよ。カッコイイしデカいからモテるしさ、しかも強いとかすげぇよな。普通は怪我《けが》すんの怖いじゃん？」

それは単に、怪我などしない体を持っているだけ。相手が弱者であっただけ——内心は冷《さ》めた返答をしながら、理玖は「凄いね！　しかも有名な森に住んでるんでしょ？」と興奮を装《よそお》う。

「ああ、鹿島の森な。たぶんすげぇ金持ちなんだと思うぜ。アイツんちに行った奴はいないし、結構謎《なぞ》なんだけど……弁当見りゃわかる」

「お弁当でわかるの？」

理玖の食いつきに気をよくしたのか、保健係の少年は「わかるわかる」としたり顔をした。

「アイツのランドセルって弁当箱しか入ってなくてさ。だいたい三段の重箱プラスもう一個とかなんだけど、中身凄いぜ。ローストビーフとかステーキとかロブスターとか、洋風豪華御節《ごうかおせち》って感じ。あと熱々のビーフシチューとか……ボルシチとか？　そういうの毎日持ってきて、しかもペロッと食べるし。そのくせ全然太んないし」

少年はさらに、雛木馨は授業中によく寝ているのに成績がよいことや、女子生徒にモテること、彼の父親はとても若く見え、他の父兄にモテ過ぎていることなどを楽しそうに話した。

理玖はダークエルフから得た情報を許に、写真で見た馨の父親の顔を思い返す。

本当の父親は女王に幽閉《ゆうへい》されている吸血鬼、ルイ・エミリアン・ド・スーラだと推測されるが、表向き雛木セツと名乗って父親の振りをしているのは、本名、香具山紲《かぐやませつ》という名前の淫魔《いんま》だ。

ダークエルフが言うには、女王に見つからずに純血種を生みだせている以上、香具山紲が男の姿のままルイの子供を生んだのではないかという話だった。

悪魔の繁殖《はんしょく》システムや生態、女王の監視能力からして、それ以外は考えられないらしい。

馨の本当の父親、ルイ・エミリアン・ド・スーラが目を瞠《みは》るような美男であることに比べると紲はやや平凡に見えたが、それでも美形の部類に入る。何より淫魔という種族の性質上、異様にモテるのも当然なのだろう。

「先生ー、うちのクラスの転校生が具合悪いみたいなんで、お願いしまーす」

保健係の少年は、元気な声を出しながら保健室の扉を開けた。

入り口には白い衝立《ついたて》があり、その奥から椅子が動く音と、「入りなさい」という若い女性の声が聞こえてくる。

理玖は「失礼します」と言いながら、少年と共に保健室に入った。

そして衝立の向こう側に回った瞬間、思わずハッと息を詰める。

白いベッドが三台ある小さな部屋の中に、赤いオーラが見えた。

「あら顔色が悪いわね、熱を測ってみて。係の君は教室に戻っていいわ、ご苦労様」

白衣を着た養護教諭の背中から、微弱ではあるが確かに、赤い炎のオーラが立ち上っている。

何も見えないクラスメイトは、「よろしくお願いしまーす」と陽気《ようき》に言って立ち去った。

三台あるベッドには誰も居ない。保健室はとても静かだった。

――悪魔だ……っ、使役悪魔……！

女悪魔と二人きりになると、全身が総毛立《そうけだ》つ。

とんでもない学校に来てしまったこと、もう引き返せないこと、それを強く意識させられた。

――こんなに近くに悪魔が居るのに、誰も気づかずに生活して、知らないうちに殺されて……食べられていく……。

彼女は無表情のまま「熱を測って」と言って電子体温計を差しだした。使役悪魔は感情がないと聞いていたが、先入観がなければ異常な人物には見えず、クールな雰囲気の女性という印象だ。

「は、はい……」

悪魔と接触することに抵抗を覚えながらも、理玖は体温計を受け取る。

勧められた椅子に座って襟元《えりもと》を開き、ひんやりと冷たい先端を脇《わき》に当てた。

正面の椅子に座った女悪魔の視線が首筋《くびすじ》に留まった気がして、ぞくっとする。

やはり自分がやるしかないと思った。もう誰も、あんなふうに死なせないために――。

3

二学期が始まって半月が経ち、雛木馨は日曜の午後を自宅でのんびり過ごしていた。

生まれ育った鹿島の森の屋敷は、豹族の貴族悪魔、李蒼真の物だ。

正確にはホーネット教会の所有物だが、日本の関東甲信越の管理を任されている蒼真《そうま》が、自分好みに改築して住んでいる。

馨の伯父である蒼真の番《つがい》は、馨の母親に当たる香具山紲だ。

紲は正真正銘、男の体を持つ淫魔だが、恋人の吸血鬼ルイ・エミリアン・ド・スーラとの間に禁断の純血種を宿し、十年以上前に卵を産んだ。

「明日のお弁当さぁ、小さめでもいいから一箱余計に入れてくんない？」

昼寝をする黄金の豹――蒼真に抱きつきながら、馨はキッチンに立つ紲に話しかける。

黒いエプロン姿の紲は、「いいけどなんで？　足りない？」と訊いてきた。

紲は料理上手で、家事全般が得意な調香師《ちょうこうし》だ。普通の人間として生まれ育った後天性の珍しい悪魔なので、常識や感覚的に、人間に近いものを持っている。

「俺のこと怖がる勘《かん》のよさげな転校生が来たって前に話しただろ？　そいつ時々びくつくくせになんか俺に懐《なつ》いてて。昼飯一緒に食べたがるんだよな。けど可哀相《かわいそう》なんだぜ、母親が何も作ってくれないらしくて、添加物《てんかぶつ》だらけのパンしか持ってこねえの。あれ見て俺、すげぇわかったよ」

「――ん？　何が？」

「俺って愛されてんだなぁって」

馨はソファーの上で眠る巨大な豹に跨《まだが》りつつ、にんまりと笑ってみせた。

その途端、フライ返しを握っていた紲の顔がカアッと赤くなる。

以前はこんな恥ずかしい台詞《せりふ》は口にできなかったが、最近は紲の反応が面白くて言えるようになってきた。実際、愛されているんだろうなと思っている。

それを感じられずに悪さをして気を引こうとした時期もあったが、今は違う。

紲は精いっぱい尽くしてくれているし、北イタリアのホーネット城に幽閉されている父親も、たぶん自分のことを愛してくれているだろう。

何しろ彼は、妻と子を守るために我が身を女王に差しだしたのだ。

そしてもちろん、今真下に居る伯父の蒼真も自分を可愛がってくれている。

厳しくされることもあるが、それが愛の鞭《むち》だとわかる程度には成長していた。

『紲の弁当を、その子に食わせる気か？』

寝ていた蒼真が目を開けて、思念会話を使って頭に直接話しかけてくる。

開かれた瞳は鮮《あざ》やかな紫色だ。人型の時よりも目が大きいので、美しさがより際立《きわだ》つ。

「そうそう。一緒に食べんのになんか悪いっていうか、気になるんだよな。自分だけ美味いもん食べてんのが」

『まさか女じゃないだろうな』

「えっ、女の子なのか⁉　それはちょっと……」

蒼真は豹の姿でありながらも怪訝《けげん》な表情を浮かべ、紲も忽《たちま》ち色を失った。

「違う違う、男だよ。天使の輪っかが出てる艶々《つやつや》の黒髪でさ、美少年って感じ」

馨が慌てて答えると、二人共露骨《ろこつ》に安堵《あんど》する。

蒼真などは、尾をゆらゆらと宙で振りだす有様だった。

「俺が男とつるむのはOKで、女相手だと嫌がるんだから……ほんとうちは変だよな」

「嫌なわけじゃないけど……仕方ないだろ、色々事情があるし、大事なことなんだし」

思わずけらけらと笑ってしまったが、紲の言う通り大事なことなのは馨もわかっている。

将来的に自分が人間の女とセックスをすると、すぐに子供ができてしまうからだ。

生まれてくる子供は間違いなく貴族悪魔で、誕生しただけで女王に気づかれる。

ましてや存在してはならない女貴族が生まれてしまったら、成長したその娘から次の純血種が誕生する可能性があるのだ。

純血種は本来唯一無二の絶対的な存在でなければならず、複数いれば必ず魔族戦争が起きると言われている。

女王とは違い、自身で性別の産み分けができない雄の純血種として生まれた時点で、馨は子を残すことを考えてはならない宿命を背負い、十の誕生日に蒼真と紲から女人禁制《にょにんきんせい》を言い渡されていた。

『別に女を抱けないわけじゃない。人間は駄目だけど、繁殖力を持たない使役悪魔なら構わない。俺の娘達をお前の性処理用に提供するのは抵抗があるけどな……しょうがないとは思ってる』

「蒼真、あんまり生々《なまなま》しいこと言わないでくれ。まだ小学生なんだから」

『馨は発育がいいし、淫魔の血を引いてる分これからますます人間を惹《ひ》き寄せるだろ、男も女も。人間の女に乗っかられて、ついやっちゃったじゃ済まされない』

「それはそうだけど、ほどほどにしておいて……」

紲はキッチンのほうばかり向いていたが、耳まで真っ赤だった。

性分泌液《せいぶんぴつえき》を摂取《せっしゅ》しなければ生きていけない淫《みだ》らな性質を持ちながらも、中身は慎《つつ》ましいのだ。

貞淑《ていしゅく》に唯一人の男を愛し、二十年の幽閉生活を送るルイの帰りを待っている。

今から約九年後、約束通りルイが解放されたら、クーデターを起こさず穏便《おんびん》に済ませるという計画になっていたが、馨にはそんな気は更々《さらさら》なかった。父親が無事に帰ってきても来なくても、女王を倒すつもりでいる。

──体がミシミシする……成長痛なんかじゃないぜ、これ……。

今日は好きなだけ触らせてくれる蒼真に抱きつきながら、馨は豹の毛皮に額《ひたい》を埋《うず》める。

魔力を女王から隠すために全身を結界《けっかい》で覆《おお》っていたが、成長と共に力が疼《うず》いて苦しかった。

燻《くすぶ》る炎が体の中にあり、それが酸素を求めている感覚だ。

外の空気に触れた瞬間、炎は激しく燃え上がるだろう。

それがどんなに開放的で心地《ここち》好いか、体験したことがなくてもわかる。

──女王を倒せば、隠《かく》れずに堂々と生きられる。力を解放して、本当の姿になって……。

皮膚《ひふ》に張りつけた結界の膜《まく》を剝《は》ぎ取って、思い切り空を飛びたい。

背中から血の翼を生やし、吸血鬼と豹と淫魔として……自分の中に眠る血に自由を与えたい。

今はとても狭苦《せまくる》しいのだ。紲の腹を内側から切《き》り裂《さ》き、さらに卵の殻《から》を割って外に飛びだしたはずなのに、まだ卵の中に閉じ込められている気がした。

4

月曜日、鷹上理玖が登校すると、窓際に立っていた馨が「おはよ」と声をかけてきた。

一見爽やかな笑顔だが、彼の体からは暗紫色のオーラが立ち上り、九月の朝の空色に禍々しいフィルターをかけている。まるでめらめらと燃え上がる炎のようだ。

彼を取り囲む女生徒の顔は塗《ぬ》り潰《つぶ》され、明瞭《めいりょう》には見えなかった。

「おはよう、馨くん」

「理玖ちゃん今日もパン？」

「うん、そうだよ。ずっと給食だったから慣れなくて、今日も忘れそうになっちゃった」

馨と机を寄せて昼食を取るのが日課になりつつある理玖は、コンビニの袋を胸まで上げる。

大叔父には言いにくくて我慢《がまん》しているが、建前上母親ということにして同居している教団員の女性は、あまり料理が得意ではなかった。

朝夕の食卓に並ぶのは、市販の惣菜《そうざい》や冷凍食品ばかりだ。米を炊《た》くことすら滅多《めった》にしない。

彼女自身も同じような食事を取っているし、料理以外の家事はきちんとしてくれるので、別段悪気があるわけではなかった。

しかし毎朝口癖《くちぐせ》のように、「小学校で給食がないなんて信じられない」と言っている。

そして五百円玉を渡してくるので、理玖は途中にあるコンビニでパンを買っていた。

「うちの親がおべんと多めに作ってくれたんで、あとで食べない？」

「……え？」

「他人の家で作られた物とか気持ち悪い？　まな板とかいつも消毒《しょうどく》してるし、店並《なみ》に清潔《せいけつ》だとは思うけど……嫌だったら無理にとは言わないぜ」

「あ、ううん、そういうの全然気にしないよ。凄い嬉《うれ》しいっ」

にこやかに笑いながらも、理玖は内心きっぱりと、「絶対に嫌」と拒絶《きょぜつ》していた。

悪魔の作った物など食べられる道理がない。

考えただけで胃がむかむかした。

彼の弁当が豪華なのも、美味しそうに見えるのもよく知っているが、作っているのはおそらく淫魔だ。いやらしいことをして生きている、非常に浅ましい種族の悪魔だと聞いている。

「よかった。理玖ちゃんの分も作ってもらったからさ」

「ありがとう馨くん。気を使ってもらってごめんね。でも嬉しい」

「なんか、雛木くんて鷹上くんのこと凄い好きだよね。転校してきたばっかなのに」

馨の隣に立っていた女生徒が、どことなく怨みがましい目をしながら口を挟んだ。

どきりとしたが、理玖には逆のような気がしてならない。

馨に積極的に近づいて、彼のことを慕《した》っているように見せかけているのは自分だ。

馨は来る者拒《こば》まずといった調子で、流されて適当に受け入れているだけに見えた。

「そうだよね、雛木くんは特定の誰かとあんまり仲よくしないのに……なんで？」

「あやしいよねぇ、鷹上くんて超可愛いし」

くすくすと笑う女子の言葉に、理玖は焦りを感じる。

男同士で仲がよいことを変にからかわれ、馨が引いてしまうのは避《さ》けたい展開だった。

前の学校でも似たようなことがあったのだ。当時、ただ普通に仲よくしていた友人が、女子にホモだのなんだのとからかわれ、それ以来自分とは距離を置くようになってしまった。

「うん、そう。すげぇ好きだよ。理玖ちゃんとならホモってもいいかも♪」

馨は弾《はず》む声で耳を疑うようなことを口にして、女子の群れから抜けだしてくる。

彼の目の前に居た理玖は、呆然《ぼうぜん》とするまま肩に手を回された。ぎゅっと引き寄せられる。

「か、馨くん？」

「可愛いし、いい匂いがするし、いい声だし。気に入る要素しかないんだよね」

くすっと笑った馨は、至近距離で囁くなり唇を近づけてきた。

女子の一人が「嘘っ」と高い声を上げたが、他の女子達は絶句《ぜっく》する。

唇が頬に触れ、チュッと小気味《こきみ》よい音が耳を掠《かす》めた。

硬直する理玖の頬に、意外にも柔《やわ》らかい唇の感触がいつまでも残る。

「このまま付き合っちゃおうか」

またしても女生徒が凍りつく中で、馨は飄々《ひょうひょう》と言った。冗談としか思えないが、冗談にしてはあまりにも性質《たち》が悪い。相変わらず顔が近くて、肩を放す気配はなかった。

——あ……花の匂い……。

抵抗したくなる気持ちを抑《おさ》えて密着に耐えていると、馨の首筋から花の香りが漂《ただよ》ってくる。

これまでにもちらりと感じたことはあったが、気のせいかと思っていた。

しかし今は、首筋に何かつけているのだとはっきりわかる。

それくらい、理玖の鼻先は彼の首に近かった。

「馨くん……香水、つけてる？　これ、薔薇《ばら》……？」

「うん、ちょっとだけ。白薔薇のイメージらしいぜ。この程度は身だしなみだってさ」

気が動転していた理玖は、「付き合っちゃおうか」という理解しがたい発言を一旦《いったん》振り切り、別の話題に流す。

傍に居た女生徒も同じ気持ちだったのか、こぞって新しい話題に食いついた。

「男子が香水とか、なくない？　雛木くんそういうの興味ないと思ってた」

「いい匂いに男も女もないだろ？　とある天才調香師が言ってたぜ……服を着るのと同じように、日常的に香水を身につけて欲しいって。香水は人生を優雅《ゆうが》にするアイテムなんだってさ」

馨は理玖の肩を抱きながら、自分の頸動脈《けいどうみゃく》の辺りを撫《な》でる。

その指先を女生徒の前にスッと差しだし、「嗅《か》いでみな」と言って顎《あご》を上げた。

それまで普通に感情を露《あら》わにしていた彼女達は、何故か急にとろんとした目つきになる。

命令口調に近い言いかたをした馨に怒ることも不満を向けることもなく、彼の手に群がった。

馨に密着している理玖にはすべてが見えて、動揺せずにはいられなくなる。

普通の小学生なら、絶対に考えられないことだろう。馨が差しだした指先に、六人もの女子が一斉《いっせい》に顔を近づけ、くんくんと夢中で鼻を鳴らしているのだ。

「……ん、凄い……いい、匂い……」

陶然《とうぜん》としながら呟《つぶや》いた女生徒の表情は、九つや十の少女のものではなかった。

理玖はクラスメイトに女を感じて怖くなり、ぞわっと肌を粟立《あわだ》たせる。

それ以上に恐ろしいのは、彼女達を悠然《ゆうぜん》と見下ろす馨の表情だ。

——淫魔の血を引く……未来の魔王……。

この少年はきっと、欲しいものをなんでも手に入れて、地位も名誉《めいよ》も財産も愛も、すべてを、本当に望むすべてを手中に収め、地上の頂《いただき》に君臨する気なのだと思った。

彼が成長して大人の男になったら、誰も逆らえなくなる。

女も男もひれ伏して、人間も悪魔も誰も敵《かな》わない。

——だけど、僕は殺せる……君をいつでも殺せる切り札が、僕にはある。

馨に肩を抱かれていた理玖は、自分の胸に手を伸ばす。

その手をさらに上に向かわせ、馨の手の甲《こう》に触れた。

「理玖ちゃん？」

「……付き合うの……いいよ。僕、馨くんなら、いいよ」

理玖は頬にまで鳥肌を立てながら、無理やり笑う。

補足的に、「冗談だったらごめんね」と付け足した。

馨の指を舐《な》め始めそうな勢いの女生徒達の前で、彼は「おあずけ」とばかりに手を上げる。

そして彼女達に背を向けると、「じゃあ今日から俺が理玖ちゃんの彼氏ね」と言って笑った。

「うん、よろしく」

馨がどこまで本気なのかはわからない。今日の昼休みには無効になっているような、無意味なやり取りかもしれない。けれど今は、心臓が大きく騒ぐ。

理玖はこの不思議な関係に、大いなる恐怖と好奇心と、少しばかりの優越を感じていた。

5

馨が理玖と出会って九年の歳月が流れ、二人は揃《そろ》って東京の私大に進学していた。

高校三年生の夏にクーデターを起こし、ホーネット教会の王になった馨は、奪還《だっかん》した実の父親ルイ・エミリアン・ド・スーラに実権を譲《ゆず》り渡して、お飾《かざ》りの王として大学生活を満喫《まんきつ》している。

身内の中で、組織を纏《まと》め上げる才覚や機知に富《と》んでいるのはルイだけなので、馨は父の背後で恐怖《きょうふ》政治を支える威《い》であればそれでよかった。

実際には、余程のことがない限り恐怖を与えたりはしないが、好戦的で支配欲の強い魔族達を統率するには、どうしても恐怖支配が必要になる。

貴族の中には女王を倒した新王一派を激しく怨む者も存在するため、報復《ほうふく》行動に出る気が起きないほど強い王がいなければ組織が成り立たないのだ。

お飾りとはいえ純血種の馨にしかできない仕事もあり、週に三日は千里眼《せんりがん》を使って世界各国の貴族悪魔に視線を飛ばしている。

千里眼は見た相手に必ず気づかれるので、見ることそのものが牽制《けんせい》になっていた。

隠れて新たな純血種を生みだすことができないよう、その日どこの誰に視線を送るかを決めて、徹底的《てっていてき》に体を調べる。

横浜で暮らしながら、地球の裏側に居る貴族の身体検査が可能だった。

このペースで監視を続ければ、禁断の性別転換を起こした者を逸早《いちはや》く発見できる。細のような究極《きゅうきょく》のレアケースでない限りは、純血種誕生を確実に阻止《そし》できるのだ。

――お仕事完了……ああ、すげぇ疲れた……頭痛ぇ……。

畳《たたみ》を敷き詰めた自室で地球儀や写真を睨《にら》みながら千里眼を飛ばしていた馨は、一気に二十人の貴族に視線を送り、身体変化がないことを確認してからベッドに横たわる。

いくら純血種でも、千里眼を使うのは非常にハードだ。

今夜のようにピンポイントで見るならまだしも、月に一度行う新種探しの際などは、のた打ち回って倒れるほど疲労困憊《ひろうこんぱい》してしまう。

新種探しは、突然変異や何者かの陰謀《いんぼう》によって、教会が把握《はあく》していない貴族が地球のどこかで誕生していないかどうかを調べる作業だった。

集中力と多大な魔力が必要になり、頭が割れそうに痛んだり吐き気を伴《ともな》ったりと、大層つらい。

今も体が怠《だる》く激しい頭痛があるのだが、しかしこのつらさを分かち合える相手はいなかった。

純血種の悪魔はこの世に唯一人、自分だけだ。他は存在してはならないし、混血悪魔の父にも母にも伯父にも、誰にもわからない。

「あ……」

和風のベッドに突《つ》っ伏《ぷ》しながら携帯の電源を入れると、メッセージが一気に流れ込んできた。

同級生の鷹上理玖からだ。『今日はバイトの日だよ』『そろそろ時間だよ』『またバイト忘れてない？』『休む気なの？』『無断欠勤はやめましょう』といった調子で、徐々に怒りを含《ふく》んでいく。

それでも最後は、『店長に風邪だって言っておいたから』で終わっていた。

理玖は一応恋人でもあり、従順でよく気がつく。自分にとって都合がよすぎるような気もしていたが、理玖曰《いわ》く、「僕の一目惚《ひとめぼ》れだから仕方ない」らしい。

小学生の頃は、馨が何をやっても全肯定《ぜんこうてい》のイエスマンで、無感情な使役悪魔のようなところが薄気味《うすきみ》悪かったが、中学に上がってからは普通になった。馨のいい加減さに腹を立てたり文句を言ったり拗《す》ねたりすることもあれば、喧嘩《けんか》になることも稀《まれ》にある。

同じ大学に進学して同時期に横浜に移転したことや、それ以前に高校入学と同時に理玖が一人暮らしを始めたこともあって、二人の距離は縮まっていた。アルバイト先のシフトも常に一緒だ。

コンビニ、遊園地、書店、ペットショップ、肉屋など、馨は金目的ではなく遊びとして様々な仕事を選ぶ。バイト情報を見るのが趣味の一つになっていて、飽《あ》きるとすぐに仕事を替えた。

口出しされるのが嫌なので親には詳細を話さず、そのせいでいかがわしいバイトをしていると勘違いされたこともあったが、実際には普通の仕事ばかりだ。理玖が同じことをしたがるので、危険な仕事はしていない。

身内は誰も彼も嗅覚《きゅうかく》が鋭《するど》いため、バイトのあとは理玖のマンションに寄ってシャワーを浴び、新しい服に着替えてから帰宅するのがいつもの流れになっていた。

『ごめん、忘れてた。迎えにいくから待ってて』

馨は携帯で時刻を確認し、高級ステーキハウスに居る理玖にメッセージを送った。

バイトが終わるのは店が閉店する午後十時。今から約一時間半後だ。

待ち合わせの際、理玖は大抵近くのカフェでホットココアを飲んで待つ。

独りでいると男も女も声をかけてくるので、窓に面したカウンター席が定位置だった。

出会った頃に馨が予想した通り、理玖は少年期の愛らしさを残したまま、歪《ゆが》みなく育った。

十九歳になっても線が細く、どこか憂《うれ》いを帯びていて、美少年と呼ぶのが相応《ふさわ》しい容貌《ようぼう》だ。

馨はあくせく働く理玖の姿を想像しながら、携帯の画像アプリを開く。

生体認証《にんしょう》ロックをかけたフォルダが、タイトル付きで並んでいた。

思わず撮りたくなってしまうほど美しい父親、ルイ・エミリアン・ド・スーラの写真や、父に瓜二《うりふた》つの異母弟、ノア・マティス・ド・スーラの写真……さらには紲の写真と、豹と人型両方の蒼真の写真が保存してある。

悪魔の写真よりも人間の写真をより厳重《げんじゅう》に保管するのもおかしな話だが、理玖の写真が入ったフォルダには三重のロックをかけていた。他人に見られると、理玖の人生が台無しになるような写真や動画が多数あるからだ。

──大事なのは、いやいや感と恥じらいだよな。

馨は自分が要求した通りのポーズを取っている理玖の写真を見ながら、あられもない体よりも顔にばかり注目する。

馨が望めば理玖はいつだって卑猥《ひわい》な写真を撮らせてくれたし、望めば自分撮り写真を送信してくれた。けれども表情は常につらそうで、酷《ひど》く恥ずかしげに見える。

蒼真の眷属《けんぞく》を自由に抱ける立場の馨は、男でも女でも相手に不自由はしていない。人間の女を抱くわけにはいかないが、性的欲求を満たすには十分過ぎる環境《かんきょう》だった。

しかし眷属である使役悪魔には感情がないので、なんでもさせてくれるというだけで、そこに恥じらいや迷いは存在しない。嫌がることも躊躇《ためら》うこともないため、強要の醍醐《だいご》味《み》がないのだ。

『……あ、ぁ……や……馨ちゃ……っ、もう、やめて……っ』

完全結界を張った自室で、馨は理玖の動画を流す。

下の階に両親が揃っているが、気配も音も外には漏れない。気づかれる心配は無用だった。女物のレースのショーツを穿《は》かされた理玖は、ベッドの上に四つん這《ば》いになり、極太バイブに責められながら腰を震わせている。

甘い嬌声《きょうせい》を馨の声が遮《さえぎ》り、『顔、こっち向けて』と言うと、理玖はおずおずと後ろを向いた。黒い瞳は涙に濡《ぬ》れて、顔はもちろん、全身がほんのりと紅潮《こうちょう》している。

カメラを向ける馨と視線が合うと、縋るような目をした。

『すげぇエロい顔……何されても悦《よろこ》んじゃって、理玖ちゃんはエロいよなぁ』

『――エロいのは、僕じゃな……っ、あ……あぁ……！』

理玖が腰の位置を下げた途端、ジェル塗《まみ》れの後孔からバイブがずるりと抜け落ちる。

ずらされていた下着が本来の位置に戻るまでの一瞬、閉じ切らなかった窄《すぼ》まりの中が見えた。真っ赤に熟《う》れた内臓が露出《ろしゅつ》しているようなものだ。馨が開発したそこは柔らかく解《ほぐ》れて、時に性器のような反応を見せる。

『やあっ、ぁ……見ない、で……っ、撮っちゃ、やだ……』

『なんで？　いまさらだろ？』

馨が下着を掴《つか》んで後孔を撮ろうとすると、理玖は両手を尻に回して抵抗した。うなじまで赤く染めながら、『やっ、抜いたばっかりの時は、恥ずかしいから……』と、涙声で訴《うった》える。さらに、『お願い』『許して』と繰り返した。

――これだよ、これ……やっぱ可愛い……。

馨は理玖の動画を停止して、枕《まくら》に頭を埋める。

千里眼を使ったことによる疲労感は抜けなかったが、頭痛はだいぶ軽減した。

理玖のことを本気で恋人だと思っているわけではないし、長年想う相手は他にいる。

それでも理玖は癒《いや》しで、手放せない存在だった。

見映《みば》えがよいため、女除《よ》けとして好都合なのもあるが、感情を持ちながらも自分の思い通りになるのが愉快《ゆかい》で堪らない。或る意味おかしいくらいなんでもさせてくれるので、どこまでついて来られるのか、どれだけ耐えられるのか、試しては泣かせて、可哀相になって謝って……そんなことを繰り返しながらも切れずに続いている。

馨が理玖に初めて手を出したのは、小学四年生の終わり頃だった。

精通を迎えた子供のお遊びから始まり、卒業する頃には性欲が抑え切れなくなった。

淫魔の能力に頼ることなく、馨はほぼ強要のみで行為をエスカレートさせていき、随分《ずいぶん》と早いうちに体を繋げた。

今にして思えば、小柄な相手に酷いことをしたな……と思わなくもないのだが、同級生ということや、種族の都合上早くから性教育を受けていたせいもあり、当時は罪《つみ》の意識がなかった。

もちろん凌辱《りょうじょく》したことはないし、本気で嫌がるなら写真も動画も撮る気はない。

理玖は捨て身で被虐心《ひぎゃくしん》をそそるので、ついつい増長してしまうだけなのだ。

──理玖の半分でも、蒼真を思い通りにできたらいいのに。

時間があるので少しだけ眠ることにした馨は、部屋の灯りを消してもう一度携帯を手にした。

無数にある写真の中から、特に気に入っている蒼真の写真を開く。

豹の時ではなく人型の時の物で、カメラ目線だった。

夕陽が射し込むサンルームで、頬杖をつきながら「撮るなよ」と文句を言われる直前の写真。髪色は馨が一番好きな金髪だった。愛用の豹柄バスローブを着ていて、テーブルの上に飾ってあった真紅《しんく》の薔薇が写り込んでいる。

美男ではあるが、馨と似た体格を持つ三百歳超えの伯父であり、理玖のように可愛いわけでも愛想がよいわけでもない。しかし、一度見ると目を離せない色気があった。

過激なアダルト動画よりも、自分のほうを見ている蒼真の顔のほうが扇情的《せんじょうてき》に見える。思わず下半身に手が伸びそうになるのを、深呼吸してどうにか制した。

これまで想像の中で散々犯してきたが、今はもうやめている。

この夏、蒼真が新しい番を迎えたからだ。

——今頃、嫁《よめ》とベタベタしてんのかな……。

男に興味がなかったはずの蒼真が選んだのは、奇跡《きせき》のように美しい鳥人《ちょうじん》の王子だった。

馨は子供の頃から、自分の恋敵《こいがたき》は蒼真の友人で虎族獣人《とらぞくじゅうじん》の大男ではないかと思っていたので、あの筋肉男に奪われることに比べればましな結末だと思っている。

相手が誰であれ、腹立たしい気持ちや引き裂きたい邪心《じゃしん》はあるが、自分が執拗《しつよう》に想い続けたら蒼真は落ち着かないだろう。幸福な生活に水を差すようなものだ。

そしてそのうち本気で疎《うと》まれ、可愛い甥っ子というポジションすらも危《あや》うくなる。

それを避けるにはどうしたらいいのか、蒼真が好きならどうするべきなのか——そんなことはわかり過ぎるくらいわかっていた。

6

ステーキハウスでのアルバイトを終えた理玖は、近くのカフェで一時間も馨を待っていた。

二杯目のココアが冷え切った頃に閉店を告げられ、外に出るしかなくなる。

時刻は十一時五分だ。二十分ほど前にようやく連絡がつき、『ごめん、寝てた』と、『遅れるけど待ってて』の二文が携帯に表示された。

さすがに怒りたくなったが、遅れても会えるのは嬉しい。

それにせっかく会うなら楽しく過ごしたかったので、ぐっと堪《こら》えた。

馨は時間にルーズで、気分屋で、性的な好奇心と性欲が非常に強くて、そのくせ飽きっぽくて自己中心的だ。自分に好意を寄せない人間には興味を示さず、あまり人の話を聞いていない。

長所としては、意外と家族想いなところがあり、幼い子供や鳥獣や虫を含め、小さな生き物に優しい。可愛い物や美しい物が好きなのだ。

裕福《ゆうふく》なわりに金銭《きんせん》感覚はまともで、気前はいいが浪費家《ろうひか》というわけではなかった。

よし悪しな点としては、神経質なところが挙げられるだろう。喫煙《きつえん》マナーや衛生面に厳《きび》しく、うがい手洗いを欠かさない。自分が徹底している分、他人にも厳しく、体臭の強い人間や不潔《ふけつ》な人間を避けていた。本人曰く母親の影響らしいが、やや潔癖症《けっぺきしょう》の嫌いがあるのだ。特に肌や髪に触れられることを嫌がり、自分が選んだ人間にしか触らせなかった。

他にも、不協和《ふきょうわ》と感じる香料の組み合わせを嫌がったり、大声で喋《しゃべ》る人間を嫌ったり、電車や人混みを避けている。この辺りは、嗅覚《きゅうかく》や聴覚《ちょうかく》が発達しているので、仕方のない部分だろう。

しかしそれだけには留《とど》まらず、自分よりも体格のよい男や、虎柄《とらがら》、野菜や食品添加物《てんかぶつ》が嫌いで、好きなものより嫌いなもののほうが多いのでは……と思うほど我儘《わがまま》だ。

基本的に愛敬《あいきょう》を振りまくことがなく、他人にどう思われるかはあまり気にしていない。

日本は相変わらず刺青《いれずみ》に対する見方が厳しく、プールや温泉施設などの入場制限もあるのだが、右腕に黒豹、左腕に蝙蝠のタトゥーを刺《い》れ、夏場はそれが見えるような服装で平然と歩いている。

髪は明るめの亜麻色で、耳にはピアスを五つ着けていた。

そのくせ、理玖にはピアスホール一つすらも許さない。何故かと問えば、「耳朶《みみたぶ》を舐《な》められなくなるから」と答えるが、本音は「お前は元に戻せないから」ではないかと思っている。

おそらく彼は、タトゥーもピアスホールも飽きたらすぐに消せるのだろう。

――あ、来た……今日はハーレーだ。

父親から贈られたバイクや高級外車を何台も所有する馨は、寒空の中、黒く巨大なハーレーに乗って現れた。理玖の目には、彼の体から燃え盛る暗紫色のオーラが見える。

カフェのシャッターは閉じられ、看板のライトも消えていたが、ハーレーのボディは街の光を集めて蕩《とろ》けるように輝いていた。同時に、歩道を行き交う人々の視線も集める。

寒いんだから車で来てよ――と思う気持ちが半分。遅れようとも、「やっぱ行くのやめた」とは言わないから怒るに怒れないんだよね……と思う気持ちが半分。

心が揺れて苛立《いらだ》つ中、厳《いか》めしい車体のノーマルシートに取りつけられたハイタイプのシーシーバーを目にすると、なんとなく愁眉《しゅうび》を開いてしまう。

タンデム用のシーシーバーは、ハイタイプだと目立ってあまり恰好《かっこう》のよい物ではないのだが、馨は見た目よりも安全性を重視して、いつもしっかりした物を取りつけてくれる。

一般に危険なイメージのあるバイクのリアシートに座っていながらも、背中を支えられるので恐怖を感じることはなかった。安定した乗り心地で、快適《かいてき》に風を愉《たの》しむことができるのだ。

「遅くなってごめん、寒かっただろ?」

「うん、ちょっと。風邪ひいたら代返よろしくね」

「んー……代返は無理だな。つきっきりで看病するから」

「馨ちゃん……」

また調子のいいこと言って——と思うのに、甘いマスクで語られる甘言《かんげん》にころりとやられる。

ジェットタイプのヘルメットを被っている馨は、それを後ろにずらして腰に手を回してきた。

キスを求められているのがわかって、理玖は彼の腕にそっと触れる。

理玖は歩道、馨はバイクに跨って車道に居るうえ、元々注目を浴びていた。

それでも構わず路上でハグとキスをして、唇が離れてからヘルメットを受け取る。

馨自身はバイクに合わせた物を使っているが、理玖には必ずフルフェイスの物を被らせた。

やはりこれも安全性重視だ。彼はトラックと衝突《しょうとつ》しても怪我《けが》一つ負わないのだろうが、普通の人間を後ろに乗せるということを、ちゃんと考えてくれている。

——駄目なところも多いし、ムカつくこともあるけど……馨ちゃんはやっぱり優しい。いつも一番肝心《かんじん》なことはわかってて、気を使ってくれる。

理玖は馨に手を引かれながらハーレーに跨り、レザージャケットを着た彼の背中に張りつく。

いつものように腰に手を回すと、「カフェでいくら使った? あとで払う」と言われた。

「お金はいいよ、迎えにきてくれたし」

「そう？　埋め合わせになんかするよ」

「うーん……じゃあ、泊まっていって」

ぎゅっとしがみつくと、バイクの振動が両足から伝わってきた。

体が触れている物すべてから熱を感じられる。バイクは寒いので時々嫌だが、本当は嫌いではない。まるで金属製の獰猛《どうもう》な生き物のようで面白かった。現にこうして鼓動《こどう》し、息巻いている。

「新しいバスローブ買ったんだよ、馨ちゃんの好きそうなやつ」

「ありがと。けど俺のために金使うなよ、俺んち無駄に金持ちなんだし」

「でも買いたかったんだ。オーガニック・コットンで、金色の薔薇の刺繍《ししゅう》が入っててね……」

ヘルメットを被ったので喋りにくく聞き取りにくかったが、「そりゃいいな」と聞こえた。

通行人の視線を振り切り、馨はバイクを走らせる。風を受けるとやはり寒い。

それでいて、馨の背中に身を寄せている時間は熱いものだった。

鼓動が強く脈打っていて、灼熱《しゃくねつ》のエンジンと共鳴している。

――このまま道路に投げだされて、痛いと思う暇《ひま》もなく死ねたらいいのに……。

そんなことを考えてしまうくらい、理玖は自分の感情を持て余していた。

大叔父や蜂角鷹教団の者達は、馨を早く殺せと執拗《しつよう》に催促《さいそく》してくる。

魔王になったのだから、泳がせる必要はない。一日も早く殺せ――と、そう言うのだ。

しかし殺せるはずがなかった。都合のいい便利な女のように扱《あつか》われているだけだとしても。

駄目な男が時折《ときおり》見せる優しさは格別に輝いて見えて、どうしても絆《ほだ》されてしまう。

それに何より、本質的には優しい男だ。意外と真面目で、弱者への接しかたも丁寧《ていねい》だった。

彼に想い人がいることも、理玖はわかっている。おそらく肉体関係は持っていない片想いで、この夏に失恋したようだった。

長い付き合いでそこまで察しているのに、いつの間にか自分も恋をしていた。

今のまま何も変わらず、馨と一緒に生きていたいと願ってしまう。

好きなところばかりではないし、内心悪態《あくたい》を吐《つ》くこともあるのに、会いたくて会いたくて……会えば抱かれたくなり、抱かれれば離れがたくなる。

――ふざけんなって思う時も、あるんだけどね……。

しかしそんな時ですら、踏み切ることはできなかった。

今や遠い両親の死よりも、馨の死のほうがリアルで怖い。

馨を殺さなければ守れないものがあるというなら、守らなくてもいいと思ってしまうのだ。

日本とか世界とか、正直どうでもよかった。大叔父と教団と全人類を合わせても、馨のほうが大切なのだ。だから、凶器になる自分を殺してしまいたい。

――僕の体に流れる血は、魔族にとっては猛毒《もうどく》として作用するウイルスを含んでいる。魔族の血が濃ければ濃いほど、ウイルスに侵《おか》される速度は速い……。だから絶対に吸《す》わないで……僕が無防備に首筋を晒《さら》しても、どんなに空腹でも、僕の血だけは吸わないで……。

この九年間、理玖が馨に血を吸われることは一度もなかった。

馨を殺すか否か、決断できずに彼自身に運命を託《たく》した結果、彼は自ら勝ちを選んだ。

これからもずっと、吸わないでいて欲しい。勝ち続けて、誰より強く生き抜いて欲しい。

「──ごめんね……」

フルフェイスのヘルメットの中で呟いただけなのに、馨は「なんで謝んの？」と訊いてくる。類稀《たぐいまれ》な聴覚に感心しながらも、理玖は「なんとなく謝りたくなっちゃった」と答えた。

馨を死なせないためには彼の前から姿を消すべきなのに、それができない自分が居る。殺したくないけれど、傍に居たくて……馨の前に危険な体を晒したまま引くに引けない想いを、どうか許して欲しかった。

アルバイト半月分の給料で買ったバスローブを、馨は甚《いた》く喜んでくれた。

肌触りのよいオーガニック・コットンの製品で、ご丁寧に品質証明書がついている。害虫駆除《がいちゅうくじょ》にはテントウムシやクサカゲロウを使い、残留農薬はゼロに近いと書いてあったが、一般の人間には見分けなどつかないので、本物かどうかはわからない。

ところが悪魔には品質の差がわかるのだ。大叔父経由《けいゆ》でダークエルフからの情報は今でも度々入ってくるのだが、それによると、悪魔は鼻が利《き》くので、人間社会に蔓延《はびこ》る嘘の多くを見抜いているという話だった。つまり馨が気に入ったということは、本物ということになる。

「馨ちゃん、そろそろお風呂入っていい？」

畳を敷いたワンルームで、理玖は馨に膝枕《ひざまくら》をしながら問いかけた。

到着してすぐに風呂を勧めて入らせたまではよかったが、馨は風呂から上がるとテレビを観て、なかなか入浴させてくれない。

「寒いの？」

「ううん、寒くはないけど」

「じゃあこのままでいい。肉とガーリックの匂いが最高」

理玖のジーンズに顔を埋めた馨は、くんくんと鼻を鳴らす。

しかし店内では制服を着用しているのであまり匂いを感じなかったらしく、起き上がって髪の匂《にお》いを嗅ぎだした。ついでのように耳朶をぺろりと舐める。

「もう、やめてよそれ」

馨が横浜市内の高級ステーキハウスでバイトを始めたのは、いい匂いがして楽しそうという、ただそれだけだった。すでに飽きているようなのでバイト先を替えるのは時間の問題だったが、店内に漂《ただよ》う匂いは今でも好きらしい。

「可愛い理玖ちゃんに美味い肉の匂い、無敵だと思わない？」

「思わないよ、全然」

「無敵だよ」

大きな体で寄りかかって来る馨に押し倒され、理玖は畳の上で仰向《あおむ》けになる。

嘘ばっかり。失恋を引きずってるくせに——そう思うのに、懐かれると嬉しかった。

フローリングの上に敷いた青畳も、高性能の空気清浄器を常に稼働《かどう》させているのも、シーツを毎日取り換えるのも、彼の好きな飲み物や菓子類を常備しておくのも、全部馨のためだ。ここに来ると好きな物があるように、快適に過ごせるように……ついそんなことばかり考えてしまう。

「お風呂入らせて……ちょっと汗《あせ》かいたし」

「理玖ちゃんの汗ならいいよ、むしろ好き」

シャツを捲《まく》られ、肌を暴《あば》かれながら囁かれた。こんな言葉にすら舞い上がってしまう。

以前は馨の気を惹くために無理してやっていたことが、いつの間にか自然にやれるようになり、そのうち進んでやりたいことになった。

比較的高価なバスローブを購入したのも、媚《こび》を売る意図はない。

馨にプレゼントしたいと思ったのだ。着ている姿や、喜ぶ顔が見たかった。

「あ……っ……」

シャツの袖《そで》を抜かれながら乳首を啄《ついば》まれ、甘い声が漏れる。

馨以外を知らない体は、しかしとても淫らだった。ほんの少し触れられるだけで、スイッチが入ってしまう。全身がそういう行為のために動きだし、自分でも呆《あき》れるくらい彼を欲した。

「ふ、ぅ……」

キスをされながら馨の背中に手を回して、バスローブ越しに骨格や筋肉を辿《たど》る。

一九〇センチに迫る体はとても雄々《おお》しく、フェロモン過多で肉感的な物だ。

マンションの天井を突き抜ける暗紫色のオーラも、今は少しも怖くはなくて、馨の一部として愛している。禍々しいはずなのに、心から美しいと思うのだ。大学構内でも街中でも、オーラのおかげで彼をすぐに見つけられるから……見えないと困るし、見えていると安心する。

「ほんと、いい匂い。食欲そそられるっていうか、食べちゃいたい」

怖いことを言わないで――ジーンズを脱がされた理玖は、馨にそう言いたくなった。

彼の目の前に無防備に投げだしている体は、有毒な生物兵器だ。

退魔ウイルス、ヴェレーノ・ミエーレ――蜂角鷹教団の人間が持つウイルスは、いつしかそう名付けられた。

この蜜毒《みつどく》ウイルスを含む血液を持つ者は、例外なく魔族のオーラを見る力を持っている。見る力が強い者ほど毒性の強い血液を持ち、悪魔を倒せるほどの毒を持つ者は日本に二人しかいないとされていた。その一人が教祖の善一、もう一人が自分だ。

極めて濃度が高いウイルスを含んだ血液が、今この瞬間も体中を駆け巡《めぐ》っている。

大叔父は、「少量では成功率が低い。ある程度の量を確実に吸血させろ」と言っていて――逆に取れば、少量の血を舐められるくらいなら問題ないということになる。

しかしすべては推測だ。数百年前に貴族悪魔や使役悪魔を倒した時の記録や、ダークエルフの協力による血液実験を参考にしているに過ぎない。純血種を倒した実例はなく、どうなるかなどやってみなければわからなかった。

「ん、ぅ……」

下着まで全部脱がされた理玖は、畳の上で馨と足を絡《から》めながらキスをする。

今夜は手つきもキスも優しかった。元より乱暴《らんぼう》する男ではないが、意地悪は時々してくる。女装させたり女物の下着を着けさせたり、バイブを使った自慰《じい》を強要したり、拘束具《こうそくぐ》で卑猥な恰好をさせた挙《あ》げ句《く》に写真や動画を撮影したり――気まぐれに何をやりだすかわからなかった。

「あ、は……」

「理玖ちゃん、ちょっと期待し過ぎじゃない？」

理玖の膝裏を摑んで持ち上げた馨は、兆《きざ》した性器を見下ろしながら口端《くちは》を上げる。

今夜は何をされるんだろう――そんなことを考えるだけで奮《ふる》い立ってしまう恥ずかしい体は、先走りの蜜に濡れていた。

「ほら……こんな所まで濡れてるのわかる？　これじゃローション要《い》らないな」

「ん、ぅ……っ」

膝裏を自分の両手で掴まされた理玖は、広げた足の間を馨の手で暴かれる。

彼の言葉通り、性器から垂《た》れた蜜があわいにまで届いていた。

そのうえ、濡れた後孔が自分でもわかるくらいひくつく。

そこを指で撫でられたり、硬い雄で滅茶苦茶《めちゃくちゃ》に突かれたりしたくて、後孔は疎《おろ》か、体の中まで反応してしまった。うねるように肉洞が動き、彼を呑《の》み込みたがっている。

「寒いとこで待たせちゃったし、今日はなんでも理玖ちゃんの好きなようにしていいよ。けど、何をするにもまず口で宣言しなきゃダメ」

今夜のルールを決められて、さらに「最初はどうする？」と迫られる。

理玖はこのまますぐに挿入《そうにゅう》して欲しい気持ちを抑え、「触らせて」と強請《ねだ》った。

掴んでいた両膝を下ろして畳に膝をつき、馨のバスローブに手をかける。

目の前には綺麗に結ばれた蝶々《ちょうちょ》結びの腰紐《こしひも》があった。結んだのは理玖だ。

それを解いて、馨の肌を暴くことを考えただけでも興奮する。

「俺の体のどこを触るの？」

「――っ……」

恥ずかしくて言えないまま、理玖は膝立ちしている馨の腰紐を解いた。

はらりと左右に開いた白いコットンの間に、東洋人らしい滑《なめ》らかな肌が見える。

自分を見下ろす整った顔と、程よく筋肉のついた首、くっきりとした鎖骨《さこつ》、隆々《りゅうりゅう》と盛り上がる胸筋、割れた腹筋、そして天を仰《あお》ぐように反《そ》り返った性器——。

「ダメだって……ちゃんと宣言してからって言っただろ？」

伸ばした手を摑まれ、触れさせてもらえなかった。

精通を迎えた頃から知っている性器は、獰猛に育ってなお愛しくて、威圧的な大きさや形とは無関係に、今でも可愛いと思える。

これから先、誰と出会ってもこんな気持ちには決してならないだろう。

理玖が小さな手で扱《しご》いただけで、すぐに達してしまった時もあった。

その頃は握るのも簡単で、ぱくりと口に含むことだって容易にできたのだ。もちろん毛も生え揃っていなかった。胸も腹も、こんなに隆起《りゅうき》する前から知っている。

「触らせて……馨ちゃんの……オ……」

陰茎《いんけい》を幼児語で言おうとすると、炙《あぶ》られたかのように顔が熱くなる。

馨と目を合わせると、彼は満足げに笑った。けれど許してはくれない。性器に触れようとする理玖の手を摑んだまま、視線で以《もっ》て強要してくる。

ごくりと息を吞んでから、もう一度「馨ちゃんの……」と切りだした。

昔は馨くんて呼んでたな……などと考えながら、恥ずかしい用語を小さな声で口にする。

声が小さい——と指摘《してき》されるかと思ったが、それはどうにか許してもらえた。

摑まれていた利き手を解放された理玖は、両手で馨の性器に触れる。

日本人離れした威容《いよう》を誇《ほこ》るそれは、ずっしりと重かった。

見た目こそ欧米人のようだが、硬度は東洋人らしい。

「触るだけで満足？」

湿《しめ》り気《け》のない性器を指でなぞっていると、今度は馨が期待を匂わせた。

亜麻色の繁みを逆撫でした理玖は、馨の顔を見上げながら唇を開く。

焦《じ》らすとか駆け引きをするとか、そんな気にはなれなかった。

「――頬擦《ほおず》りしたい……それから、しゃぶっても、いい？」

少しくらい逆らったほうが刺激的でいいのかと、ふと考えることはある。

しかしいつだって馨の思うままに動いてしまうのだ。小学生のうちは意図的に、相当な我慢をしてそうしていたのに、今は従うことが快感《かいかん》になっていた。

「いいよ、今日はタマまでしゃぶらせてあげる」

「あ、う……」

ぐいっと髪を摑まれ、性器を顔に押しつけられる。

頬擦りしたいという願望は叶《かな》い、脈打つ裏筋で頬骨《ほおぼね》を擦《こす》られた。

両手で感じた重さを顔でも感じられるのが幸せで、理玖は手と頬で馨の欲望を味わう。

そこから口淫《こういん》までの流れは自然なものだった。見事に張りだした硬い肉笠を上下の唇で挟み、チュッチュッとキスを繰り返してから余りのない皮をジュッと吸う。

「ん……ふ、う……」

記憶に刻《きざ》み込まれている裏筋の形に沿って舌を這わせると、ようやく先端から蜜が出てきた。

鈴口から湧《わ》きだしたそれは、程なくして玉を結ぶ。そして亀頭を撫でるように零《こぼ》れた。一度は肉笠の裏側に隠れ、括《くび》れから太い筋に乗って流れ落ちる。

「は……あ……」

一滴《いってき》も逃したくなかった理玖は、待ち構えて滴《しずく》を吸《す》った。

それは次から次へとやって来て、やがて理玖の喉と馨の雄を潤《うるお》していく。

理玖は馨が着ているバスローブの中に両手を入れると、彼の腰に手を回した。

そこから臀部《でんぶ》にかけてのラインが好きで、十指で双《ふた》つの均一《きんいつ》な膨《ふく》らみを掴みながら顔の位置を下げていく。彼の望み通り、吊《つ》り下がる袋に唇を寄せた。まずは双珠の重みで張り詰めた薄皮にキスをして、広げた舌をぺたりと当てる。

陰茎に比例し、吊り下がる双珠も重く立派な物だった。

二つあるうちの一つを舌で掬《すく》い上げながら揺さぶると、それはぐっと引き締まるような反応を見せる。性器も呼応して一層持ち上がり、割れた腹を打っていた。

「ん、く……ふ……」

「──ッ」

尖《とが》らせた舌で縫《ぬ》い目をなぞると、馨が声を漏らす。

ただそれだけで絶頂を極めそうになった理玖は、自分の性器に手を伸ばした。

勝手に達かないよう先端を指で押さえながら、馨の双珠の一つを口内に含む。

かぷりと銜《くわ》えて、歯列を当てないために舌を限界まで伸ばした。顎に唾液《だえき》が伝ってしまうが、構わず口淫を続ける。あくまでも優しく吸いながら、引っ張るようにしゃぶった。片方の手では馨の性器を扱いて、極太の針金《はりがね》のような血管を圧迫しては血の流れをせき止める。

「……っ、理玖ちゃん、こっち銜えて」

圧迫と解放を繰り返されることでさらに昂《たかぶ》った馨は、自らの雄の先端を指で撫でた。

その指先が鈴口から離れる時、透明な糸がつうっと伸びる。

照明をやや落とした部屋の中で、粘質《ねんしつ》な糸は妖《あや》しく光って淫靡《いんび》に見えた。

「は……ふ、っ」

しゃぶっていた珠を丁寧《ていねい》に口から出した理玖は、馨の顔を見上げながら雄の先端《せんたん》に食いつく。

大き過ぎて昔のように深く銜えることは叶わなかったが、両手を使って全体を摩擦《まさつ》することで、馨に快楽《かいらく》を与えることはできた。限界まで尖らせた舌で鈴口をちろちろと刺激したり、血の気の多い膨らみだけを口に含んだりする。時折括れや裏筋にも舌を這わせながら、この愛しい怒張《どちょう》を体の奥深くに迎える時を思い描いた。

「──このあとはどうしたい？」

馨は色めいた目で見下ろしてくる。感じているのがわかると、理玖の股間《こかん》にも刺激が走った。

どうしたいかと問われても、馨がどうされたいかを考えてしまう。それが自分にとってしたいことなのだ。

「……馨ちゃんの……飲ませて……口の中に、出して……っ」

理玖が強請ると、馨は満足そうに目を細める。

そして自らの分身を摑み、「注《そそ》いでやるから口開けてな」と命じてきた。

「う、ん……ん、ぐ……」

再び髪を引っ摑まれた理玖は、舌や唇で極力歯列を覆って開口する。

馨の手や腰の動きに合わせて首を動かし、可能な限り銜え込んで愛撫《あいぶ》した。

息苦しいほど口を犯され、口角がぴりぴりと引《ひ》き攣《つ》る。ズクッと侵入しては口蓋《こうがい》を突き、笠《かさ》で唇を捲《めく》るようにしながら出ていく馨の雄から、濃厚な精液が放たれる瞬間が待ち遠しかった。

いつまでもこうしていたい気持ちと、早く飲みたい願望が鬩《せめ》ぎ合う。摩擦でますます熱くなる馨の雄と同様に、理玖の感情も熱く昂った。

「――っ、出すぞ」

理玖の小さな口を犯していた馨は、その瞬間に息を詰める。

これ以上は考えられないくらい重い性器がさらに重みを増し、メリッと芯《しん》を固めた。

口蓋や喉奥に射精された理玖は、ねっとりと濃い精液に打たれる悦びと、味わう悦びに恍惚《こうこつ》となる。青臭くて雄らしくて、生命力や繁殖力を強く感じる体液だった。

蜂角鷹教団の者達が忌《い》み嫌《きら》う悪魔の子種が、舌の上を転がり、喉を滑り落ちていく。

もし仮に人間の女の子宮《しきゅう》に向けて注がれたら、その体内に長期間居座って他の精子を駆逐し、確実に貴族悪魔を生みだす子種だ。

――これが一滴残らず、僕の物なら……。

馨が人間の女を抱いている気配はなく、新たな貴族悪魔が誕生したという情報はない。

それでも教団は馨の存在を許さず、魔族を一網打尽《いちもうだじん》にしようとしている。そして蜂角鷹教団に手を貸すダークエルフの意向も、政権が変わったところで変化はなかった。

「ん、は……ふ……」

ごくりと喉を鳴らした理玖は、次々と注ぎ込まれる精液を飲み干す。

そうしている間もずっと、馨の顔を見上げていた。

暗紫色のオーラを背負う彼は、正真正銘の魔王だ。

自分にとっては同級生で、セフレと呼ぶのが正しい、仮初《かりそめ》の恋人に過ぎないけれど――。

「馨ちゃん……っ、して……」

「何を？　ちゃんと口で言わないと」

自身の血を自在に操《あやつ》れる吸血鬼の馨は、一瞬たりとも衰《おとろ》えぬ性器を理玖の前に晒している。

それが欲しくて堪らず、理玖は畳の上に直接置かれたベッドマットに膝を進めた。

言葉にするのは恥ずかしくて、全裸のままマットの上で足を広げる。

壁に寄りかかって唾液で指を濡らし、それを後孔へと持っていった。

「……んっ、ぁ……ここ、に……」

蠢《うごめ》く媚肉を自ら解して見せつけて、理玖は哀願《あいがん》する。

浅ましいのはわかっているが、こんな体にしたのは馨だ。

他の人間には嫌でも、馨に見せるならそれほど抵抗はない。

ぽろぽろと勝手に溢れてくる涙も、彼に見せることには慣れてしまった。

それくらい泣かされてきたのだ。

「――馨ちゃんの……大きいの……っ、僕のここに、挿《い》れて……」

これと似たような状況で、携帯電話が鳴りだしたことがある。それも一度や二度ではない。

馨はいつも誰からの連絡か言わなかったが、本命の相手か家族からの呼びだしのようだった。

官能に火照《ほて》る体を放置され、「呼ばれたからまたね」と帰られて、ドアに枕を投げつけたこともあった。こんな奴、今度こそ殺してやると思うほどの憂憤《ゆうふん》に泣いて……そのくせ電話がかかってくると、『さっきはごめん』の一言で許してしまう。

馨の謝罪《しゃざい》は口ばかりで大して反省している様子もなく、調子に乗って『さっきの続き、自分でして動画送って』などと言ってくるのだ。

それに応じる自分は相当な馬鹿だが、要求されると需要《じゅよう》を感じて安心できた。

「――理玖」

「は……っ、あぁ……！」

呼び捨てにされながら抱かれると、心が震えて何倍も感じる。

壁際に寄せたダブルサイズのマットの上で組み敷かれ、望んでいた物を挿入された。

狭い窄まりを抉《こ》じ開けてじわじわと侵入してくるそれが、どうしようもないくらい愛しい。

いくら慣れていても多少の痛みはあるものの、それすらも悦びだった。筋骨の重みも、両手で触れた背中の滑らかさも、馨の物だと思うと泣けてくる。

――いつまでも、こうしていられたらいいのに……。

神様、どうかこの体に流れる血を浄化《じょうか》してください――馨にとって有毒なウイルスを捨てて、普通の人間になりたい。彼を殺すことなどできず、殺せと命じられることもない、そういう体に生まれ変わりたい。

「ひ、は……う、あ、あ……っ」

「……ローション、使ってないけど……動いて平気？」

「ん、平気……っ、馨ちゃんの、ヌルヌルしたの……出てる、から……っ」

「理玖ちゃんのココは名器だからな、手で扱かれてるみたいに……中、すげぇ動いてる」

そう言いながら身を伸ばすように動かれて、思わず悲鳴が漏れた。

繋がれるならどんな体位でもいいけれど、こうして正常位で貫《つらぬ》かれて、時折キスをされるのが一番好きだ。背中に手を当てて思い切り引き寄せると、彼を手に入れたような気分になれる。

「あ、あ……ん、馨ちゃん……好き……好き……っ」

「――好きだよ、理玖ちゃん」

腰を抱えられ、耳に直接注がれた。

自分が寄せる好意と比べたら、きっと軽い。吹けば飛ぶような言葉かもしれない。

それでも嬉しかった。

体の中で滾《たぎ》る馨の一部を愛しながら、理玖は彼の言葉を噛《か》み締《し》める。

逃げるか死ぬか、そのどちらか――。

馨の前から消えることでしか、彼を守れないかもしれない。

おそらくそう遠くないうちに、別れの日はやって来るだろう。

――いつまでも、こうしていたいけど……それはきっと叶わない……。

刺客として送り込まれて九年。その間に大叔父はさらに年を取った。

教団も大叔父も、いつまでも悠長《ゆうちょう》に構えているはずがないのだ。

馨の命を危険に晒すくらいなら、死んだほうがましだった。

7

都内に緑豊かな校舎を構える慶明《けいめい》大学、田園調布キャンパス――秋も深まり金色《こんじき》の銀杏《いちょう》が芝《しば》を覆う中、理玖は馨の車の助手席に乗って登校した。

馨が大学を休む日は独りで電車を利用するが、彼が登校する日は車かバイクだ。いつもマンションまで迎えにきてくれるので、一緒に登校するのが当たり前になっていた。

今日は暖かく天気がよいため、近頃一番気に入っているオープンカーを選んだ馨は、上機嫌で運転している。

サングラスをかけていても、口元を見るだけで機嫌がわかった。

車は特注の最高級イタリア車で、黒から濃灰色《のうかいしょく》のグラデーションに豹の斑紋《はんもん》が入った黒豹柄だ。目を瞠るほど美しい流線型のボディと、ダイヤモンドコーティングが施《ほどこ》されたＬＥＤライト、金糸《きんし》のステッチが入ったレザーとリアルファーのインテリアという豪華仕様で、馨自身は値段を知らないらしいが、スーパーカーに詳しい同級生が『走る五億円』と言いだしたため、学内ではそう噂《うわさ》されている。

クーデターの際に馨の姿を見たダークエルフの情報によると、馨は吸血鬼と淫魔のハーフだが獣人の血も持っていて、斑紋のある黒豹に変容《へんよう》することもできるらしい。そのせいか、普段から豹柄の物を好んで使っていた。おそらくこの車の柄は彼自身に似ているのだろう。

色味《いろみ》は暗くとも派手なオープンカーは非常に目立ち、校内に入るなり注目を浴びた。

その視線のすべてが好意的なわけはないのだが、馨は誰にどう思われようと気にしていない。

「雛木くん、おはよう！　今日の車も素敵《すてき》ねぇ」

「噂のスーパーカーを見れてラッキー♪　これってやっぱり、お父様に買ってもらったの？」

キャンパス内の駐車場に車を停めると、早速きらびやかな集団が寄ってくる。

入学したばかりの頃は、胸を寄せるように腕に絡《から》んでくる女子もいたものだが、馨が「ごめん、付き合ってる子いるんで勘弁《かんべん》して」と言ってからは、勝手に触れる人間はいなくなった。

それでも人は寄ってくる。花に群がる虫のように――。

馨と理玖が入ったのは英文学科ということもあって女子の率が非常に高く、校舎の廊下を歩く頃には、三十人以上に膨《ふく》れ上がっていた。

「理玖ちゃん、後ろの席でいい？」

三階まで上がった馨は、理玖の肩を抱きながら問いかける。

女子には「おはよう」と返したきりで、向けられた質問には一切答えなかった。

同性愛に対して先進国は年々寛容《かんよう》になり、差別発言などしようものなら白い目で見られるのが一般的になりつつあるが、学生と社会人では事情が違うものだ。社会に出たら許されない差別も、学校では罷《まか》り通っていたりする。

ましてやデリケートな問題であるため、学生のうちは性癖《せいへき》を隠す人間が多いのだが、馨は小学生の頃からバイセクシャルだとカミングアウトし、常に堂々としていた。「女より男のが好き。理玖ちゃんは俺のだから」と、誰に対しても平然と言う。

今も、よく言えばシンプルで悪く言えばつまらない恰好をした理玖だけを見つめ、女に興味はない――と、無言ながらに強調していた。甘い目元を隠すサングラスも、まだ外していない。

「……うん、後ろでも大丈夫。眼鏡《めがね》持ってきてるし」

　そう答えた理玖は、女子学生の嫉妬《しっと》の視線を肌で感じた。

　ちくちくと突《つ》き刺《さ》さり、物理的な攻撃を受けているかのように痛い。

　多少態度が悪かろうとバイだろうと、淫魔の力の影響《えいきょう》があろうとなかろうと、馨がモテるのは当然のことなのだ。鍛《きた》え抜かれた体と整った顔、亜麻色の髪に神秘的《しんぴてき》な暗紫色の瞳を持ち、そのうえ父親は複数の会社を経営する大富豪《だいふごう》だと噂されている。

　戸籍上は日本人だが、容姿からして実はハーフだと見られており、高名な避暑地、鹿島の森の出身であることも、横浜の高級住宅街に聳《そび》える大邸宅に住んでいることもリサーチされていた。

「俺こっち、理玖ちゃんここね」

「うん、ありがとう」

　一限目は映像翻訳《ほんやく》の講義があるため、英文学科の学生は扇状《せんじょう》に広がる大教室に集まる。

　他人の臭気《しゅうき》に埋もれたくない馨は、最上段の窓際に座った。そして近くの窓を少し開ける。

　馨にとっては迷惑《めいわく》な話だが、前の列にはキャバ嬢風の華やかな集団が陣取《じんど》って、香水の匂いを芬々《ふんぷん》とさせていた。ただし全員同じ香水を着けているので、それほど不快《ふかい》な匂いではない。

　彼女達が近頃愛用しているのは、フランス最大の香水会社『le lien《ル・リアン》』の新作だ。

　逸早くそれを着けていた女子学生に馨が自分から声をかけて、「いい香水だな、好きかも」などと甘く囁いたため、翌日から教室中がその香りに染まった。

　――馨ちゃんの……お母さんが作った香水……。

　秋の陽だまりを連想させるような、優しい芳香《ほうこう》が風に散らされる。

理玖は小学校の卒業式で香具山紲に会い、弁当の礼を直接言ったことがあった。

表向きは父親と名乗っていたが実は母親で、男の身で馨を生んだことも、淫魔だということも、赤と紫の斑《まだら》のオーラの持ち主であることも知っている。

そんな紲が馨のために作ったオリジナル香水は、今も馨の首筋から香っていた。格別に高雅《こうが》な印象の白薔薇の香りだ。とても華やかでありながらも、きりりと涼《すず》しげに引き締まっている。

――何もつけなくていいって言われてるけど、僕も何かつけたくなるな……。

理玖は馨の首筋を見つめ、彼と目が合うとはにかんだ。

馨は「どしたの？」と言いつつ笑い、猫のように体をすり寄せてくる。

「ううん、なんでもないよ」

私語に興ずる暇はなく、大教室に初老の女性教授が入室してきてマイクを手にした。

将来的に字幕製作を仕事にしたい学生が一定数いるため、映像翻訳の講義は人気がある。

スクリーンと学生の手許《てもと》のタブレットに映しだされるのは、日本未公開の海外ドラマだった。

これから初見《しょけん》で十五分間のシーンを視聴し、各自持っている学校指定のタブレットに日本語の字幕を打ち込むのだ。まずは観ながら打ち、そのあと清書に八分間与えられる。

課題を送信して、それらを用いながら講義を行う流れになっていた。

大教室の照明が少しだけ絞《しぼ》られ、ドラマが始まる。使われるのは会話が中心のシーンだ。

体格のよい二枚目俳優と、ミステリアスな美人女優が熱く語り合っている。

タイトルが表示されても理玖にはぴんと来なかったが、二分ほど経つとどういったジャンルの作品かわかった。思わず、「あ……」と声を漏らしそうになるのを堪《こら》え、続きを観る。

ドラマは現代を舞台にした吸血鬼物で、女は吸血鬼、男はヴァンピールだった。

ヴァンピールというのは吸血鬼と人間の間に生まれた者で、吸血鬼を殺すことができる唯一の存在という設定になっている。つまり男は女を殺さなければならない立場だが、殺す隙を狙《ねら》って近づいた結果、彼女のことを愛してしまった。しかし母親を殺した吸血鬼というモンスターを、見逃すわけにはいかない——そう苦悩した結果、男は彼女に真実を打ち明ける。

——嫌だ……こんなの……。

思いだしたくない両親の最期が頭に浮かび、理玖は翻訳の手を止めた。

凄惨な現場の記憶を押し込めたところで、このドラマのヒーローの境遇《きょうぐう》は自分に重なり過ぎてつらい。それに、本物の吸血鬼がこれを観て何を思うか考えると、集中などできなかった。

ところが視界の隅にある馨の指は絶えず動き、至極淡々《たんたん》と翻訳を続けている。

馨のタブレットに視線を落とすと、『殺されてもいいわ』と打ったところだった。

——殺されても、いい。

ドラマの中の吸血鬼の女は確かにそう言っていたが、馨が同じ立場ならそんな台詞は吐かないだろう。男であり魔王でもある彼は、ロマンチシズムに酔《よ》ったような無責任な顔で、「殺されてもいい」なんて腑《ふ》抜《ぬ》けたことは決して言わない。

「なんだよ真っ白じゃん。俺の答え見る？」

視聴時間が終わって清書の段階に入ると、馨がタブレットを寄せてきた。

理玖の画面にはドラマのシーンがコマ割り表示されているばかりで、字幕は入っていない。

結局、まともに入力できたのは冒頭の数コマだけだった。

「ううん、大丈夫。面白いドラマだったから普通に観ちゃった」

「こういうの好きだっけ？」

吸血鬼に吸血鬼物のファンタジーラブロマンスが好きかと問われると、答えに詰まった。

馨と映画を一緒に観たことは何度もあるが、一般的に男が好むタイプの爽快《そうかい》な作品や緊迫感《きんぱくかん》のあるサスペンス物ばかり観ていたので、意図的に避けなくても吸血鬼が出てくるような作品には当たったことがなかったのだ。

「特に興味はない、かな」

理玖が曖昧《あいまい》に答えると、馨は清書時間を必要とせずに送信ボタンを押す。

提出が完了したことと、提出順位が画面に表示された。大教室には百人を超える学生が居るが、一番だ。馨のことだから、速さだけではなく出来もよいだろう。

「俺が知ってるヴァンピールとは、だいぶ違っててちょっと面白かった」

ぽつりと呟《つぶや》くように言った馨の言葉に、理玖はびくっと肩で反応した。

馨が吸血鬼に関する話をするのかと思うと、異様に緊張してしまう。

「――このドラマだとヴァンピールは吸血鬼と人間のハーフで、吸血鬼を殺せる存在ってことになってるけど、俺が以前どっかで観たか読んだかしたやつは、そういうんじゃなかった。ヴァンピールは普通の人間で、吸血鬼に選ばれて老化を止められた餌《えさ》なんだ」

「老化を止められた、餌？」

馨がホーネット教会に於《お》けるヴァンピールについて語っていることは疑いようがなく、理玖はそうとは気づかぬ振りをしながら小首を傾《かし》げた。

「たとえば俺が吸血鬼だとしたら――」

教室の片隅で、馨は声を潜《ひそ》めてたとえ話を始める。

理玖は課題のことなどまったく考えられず、ほとんど未記入のまま送信ボタンを押した。

「人間の血を吸いたくなるだろ？　けど次々人を襲うと何かとまずいんで……安定供給のためにお気に入りの人間に自分と同じ寿命を与えるんだ」

「――そう、なんだ？」

「理玖ちゃんとかを選んでさ、俺専用のヴァンピールにして傍に置くんだよ。腹が減ったら咬みついて、ちょっと血を吸うわけ。俺が前に観たか読んだかしたやつは、そんな感じで……恋人をヴァンピールにしてた」

馨の言葉に恐怖混じりの悦びを見出してしまった理玖は、高鳴る鼓動《こどう》を意識する。

今感じている恐怖の根源は、馨の死だ。自分が餌になれば、彼は死ぬのだから――。

「もしも……」

そう切りだした唇が次に何を言うのか、知るのが怖いのに早く知りたかった。

待つまでもなく、時はすぐにやって来る。

馨は視線を合わせながら、おもむろに唇を開いた。

「もしも俺が不老不死の吸血鬼だったら、理玖ちゃん……俺のヴァンピールになる？」

「――っ、馨ちゃん……」

肩に向かって馨の手が伸びてくる。ただ一つの答えを、求められているのがわかった。

彼の瞳が自分だけを見つめている。薄い肩をすっぽりと包み込む掌《てのひら》は、大きくて温かい。

なりたいよ、なりたいに決まってる——心の底からそう思う。

果ての見えない長い人生を共に歩みたいと思ってもらえるなら、こんなに嬉しいことはない。

——君が、もし本気なら……もう、駄目だね。もう終わりにしないとね。

とても嬉しくて、幸せな言葉。聞きたかったけれど、聞いてはいけない一言だった。

この体に流れる血を、馨が欲していないからこそ一緒に居られたのだ。

この血を欲する気持ちがあるなら……たとえ今すぐでなくとも吸血することを現実的に考えているなら、一刻も早く彼の前から消えなくてはならない。

「ヴァンピール、いいね……なりたい。馨ちゃんと一緒に居られるなら、なんだっていいよ」

震えそうな声で、理玖は答えた。

綺麗な血を持つ普通の人間だったら言えたであろう言葉を、そのまま口にする。

「理玖ちゃんなら絶対そう言うと思った。これで承認は取ったからな」

馨はとても満足そうだったが、その表情は言葉のわりに柔らかかった。

いつもの自信家な彼ではなく、どことなく安堵しているようにも見える。

「承認って……何？」

「承認を取らずに無理やりヴァンピールにすると、心がどっか行って人格消えるんだってさ」

「そ、そうなんだ……」

「いつがいいかな、若くて可愛いうちがいいし……理玖ちゃんと俺の、二十歳の誕生日とか？」

「馨ちゃんたら、あり得ない話なのに細かいんだから」

決別について考えながらも、理玖は馨に笑い返した。

蜂角鷹教団の人々が殺されるのを避けるため、有毒なウイルスのことも魔族のオーラが見えていることも告白できずにいたが、この先もやはり何も言えないと思っている。

僕の血は危険なんだ――と伝えれば、ホーネット教会は必ず鷹上家の血筋《ちすじ》を調べるだろう。

鷹上家を中心に蜂角鷹教団が存在することを突き止められ、悪魔にとって有毒なウイルス――ヴェレーノ・ミエーレのキャリアは皆殺しにされる。

危険なレベルの血を持つのは大叔父と自分だけだが、微量のウイルスしか持たなかった親から強い血を持つ子供が生まれているのだ。どう考えても、魔族はキャリアの存在を許さない。

「理玖ちゃんならいいっていうか、理玖ちゃんしかいないなって思った」

「馨ちゃん……」

「ま、あり得ない空想だけど」

今度は馨が、くすっと笑った。

映像翻訳の講義が進む中、理玖は机の下で馨と手を繋ぐ。

お互いにもっと小さな手をしていた頃に知り合い、一緒に大きくなった。

泣かされたこともたくさんあったはずなのに、今はいいことしか思いだせない。

「――ありがとう……」

今まで、本当にありがとう。そしてごめんなさい――。

理玖は笑みを絶やさず、消えることを決意して微笑《ほほえ》み続けた。

馨の手が届かない場所に、早く行かなくてはならない。

あの世か、あの世に等しいほど遠い所へ――。

8

夕刻、講義を終えて理玖をアルバイト先まで送った馨は、横浜の自宅に向かっていた。

父親であり、ホーネットの宰相《さいしょう》でもあるルイ・エミリアン・ド・スーラが買収を続けたため、屋敷を中心とした近隣一帯が魔力で満ちている。

今や街の住人の大多数が、使役悪魔か虜《とりこ》と呼ばれる眷属達だ。

屋敷に結界を張っている馨は、伯父の蒼真が来ていることを知っていた。

母親の紲からも携帯にメールが届いたが、そんなものを見なくても自分の結界を抜けた時点でわかる。だからバイトもサボってしまった。

クビになるのは情けないので避けたいが、蒼真に会うことが何よりも優先だ。

黒い豹柄模様のイタリア車で門を潜《くぐ》り抜けると、紲が庭のハーブを摘《つ》んでいるところだった。

いつもは素通りして駐車してから声をかけるが、今日はオープンカーなので一時停止して「ただいま」と声をかける。紲は手を止め、「おかえり。そんな派手な車で学校に?」と訝《いぶか》しんだ。

「そうだよ、今日は天気いいし」

「イタ車というより痛車スレスレ……贅沢品《ぜいたくひん》ばかり買い与えて、ルイは甘やかし過ぎだと思う」

「気に入ってんだからいいじゃん。けどしばらく何も要らないからな。ちゃんと止めといて」

「うん、でも知らない間に買っちゃうから困る……今からもうクリスマスプレゼントのこととか考えてるみたいだし。十八年も会えなかったから可愛くて仕方ないんだろうな」

紲はガーデニング用のエプロン姿で車の横に立ち、車内に視線を落とす。

理玖の忘れ物があったり、理玖の匂いに気づかれたりしないかと焦った馨は、「蒼真が居るのはわかるけど、鳥の奴は？」と訊いてみた。絶滅に瀕《ひん》する鳥人、バーディアン一族は魔族の結界を通り抜ける力があるうえに、通られても馨には察知できない。

「ちゃんとユーリさんて呼びなさい。今日はお留守番だって。来てるのは蒼真と眷属だけ」

そう答えた紲は、屋敷のほうを見た。どうやら理玖の残り香には気づいていないらしい。

紲はさらに、「気を使って遠慮《えんりょ》したのかも。俺は会いたかったのに……」と呟いた。

本気で残念そうな顔をしている紲には申し訳ない話だが、馨は清々している。

事実上、蒼真と結婚したと言っても過言《かごん》ではない存在のユーリ・ネッセルローデと会うのは、正直とても嫌だった。ユーリが蒼真のことを心から愛しているのはわかるし、生真面目《きまじめ》で優しく、美しいのも認めている。それでも嫌なものは嫌なのだ。

「とりあえず駐車場に入れてくる」

馨は紲にそう言って、再び車を走らせようとする。

ところがハンドルを握った直後、「誰か乗せた？」と訊かれてしまった。

悪魔は誰しも鼻が利くが、紲は調香師なのでより細かく匂いを嗅ぎ分ける。

理玖の存在を家族に秘密にしてきた馨も、近頃ではそろそろ話してもいいかな……と思いつつあるのだが、自分から言う前に暴かれるのは避けたかった。

「大学の友達。男ならいいだろ？」

「うん、別に……女の子だって友達ならいいんだけど。そう言えば昔、凄く仲よくしてた可愛い男の子がいなかったか？　鷹上……理玖くんだっけ？」

「ガキの頃の話だろ」

「引っ越したら疎遠になっちゃった？」

「いや、そうでもないよ」

特にこれといって理由はないのだが、馨は交友関係やアルバイトのことを親に知られたくない性質で、理玖のことも、紲が理玖に直接会うまでは名前すら教えなかった。

これまで仲よくしてきたすべての人間を「友達」と一括《ひとくく》りに纏《まと》めて話すので、紲は誰が誰だかわかっていない。馨が「友達」と言っている時の九割は理玖のことだが、紲は理玖が横浜に引っ越したことも、同じ大学に通っていることも知らないのだ。

「うちに友達とか、連れてきてもいいんだからな。会ってみたい気もするし」

「——悪魔の巣窟《そうくつ》じゃん」

「そうだけど、人間には見分けつかないから」

「無理に決まってるだろ。どっちも若過ぎて親に見えないし」

馨がそう言うと、紲は無言ながらに「それもそうか……」と思ったようだった。

馨は再び車を走らせ、高級外車がずらりと並ぶ駐車場に停める。

この豹柄のオープンカーは、蒼真がユーリを番にしたことで機嫌を損《そこ》ねていた自分に、父親のルイがプレゼントしてくれた物だった。いくらでも金のある人から、金を使った物を贈られても心は少しも動かないが、父親が自分のことを深く愛してくれているのはわかっている。

いい年の息子に、「愛している」と面と向かって言ってくるような父親だが、それでもまだ愛情表現が足りないと思うらしく、ハグやキスはもちろん、プレゼント攻撃《こうげき》までしてくるのだ。

――いい加減……腹を括るかな。そしたら安心するだろうし。

馨は人間の女を抱いてはならず、魔族の生態上、血族以外の貴族悪魔を抱くこともできない。そんな制限だらけの馨と恋仲になれる可能性を持つのは、伯父の蒼真と異母弟のノア、あとは人間の男しかいないのだ。

父親に瓜二つの異母弟は当然対象外で、馨はそういった制限を知る前からずっと蒼真のことが好きだった。けれども蒼真は自分を選ばず、バーディアンの王子を番にしてしまった。

そうなると、馨に残された相手は人間の男しかいない。

理玖以外には考えられなかった。

俺には人間の男の恋人がいるんだ。実は小学生の頃から付き合ってて――そう言ったら両親は大喜びするだろう。

恋愛の素晴らしさを誰よりも感じている二人は、息子に恋人がいないことを心配しているようだから……喜んで理玖を迎え入れるのは目に見えている。

もちろん蒼真も喜び、それによって安心するだろう。当の理玖は、自分が何者であっても受け入れてくれるはずだ。不老不死の人生を選んで、共に生きてくれる。

――それが一番いいんだろうな……。

理玖に対して燃えるような何かはないけれど、特別気に入っているのは確かだった。

気心も知れているし、理玖となら穏やかで幸せな人生が送れるかもしれない。

子供の頃は誰からも好かれるほうがいいと思っていたけれど、好かれることが性愛と結びつく今はすべてが面倒で、めくるめく何かなど求める気にもなれなかった。

手に入らないものを追い求めることにも疲れてしまって……確実に受け止めてくれる理玖に、甘えているのが一番いいような気がする。何もかも捨てて愛し合った両親を否定する気はないが、誰もがそんなふうに熱く生きられるわけではないのだ。


唯一無二の純血種である馨と、その父親で吸血鬼のルイ、母親で淫魔の紲、伯父で豹族獣人の蒼真の四人が揃ったところで、街に住む眷属の医師二名が呼ばれる。

今日は延命のための輸血の日だ。

数ヶ月に一度こうして集まって、全員の体調が安定する夕方に屋敷内の一室で行っている。

純血種の血は強過ぎるため、他の魔族に輸血すると猛毒《もうどく》として作用するが、血族は別だった。

猛毒どころか延命剤として作用し、混血悪魔の限りある寿命を延ばすことができる。

医師はまず、紲の体から血を抜いた。いくら血族でも紲は貴族悪魔ではないため、瀕死に近い状態にしてから輸血する必要がある。一回に注入する馨の血も、ごく少量だ。

貴族のルイや蒼真にしても同じことで、健康な状態で強過ぎる血液を入れるのは危険だという医師団の判断に従い、貧血で倒れる寸前まで血を抜いてから輸血する。

そうすることで体は純血種の血を受け入れ、回復するだけではなく寿命そのものが延びるのだ。

「……来てから言うのもアレだけど、俺はもう延命はいい」

一人だけ袖《そで》を捲らずに立っていた蒼真の言葉に、三人は一様に顔を上げる。

特に馨は愕然《がくぜん》として、一人掛けのソファーの上で居竦まった。

言葉は届いているし理解もしているのだが、到底納得できない。

「延命はいいって、どういうことだよ」

「先日の怪我でまた輸血してもらって、さらに延びたからな。これ以上延ばすとユーリと寿命の差がつき過ぎる。番の寿命は同じくらいが理想なんだよ」

彼らしい皮肉っぽい笑みを見上げながら、馨は無意識に顔を左右に振っていた。

それじゃ俺はどうなるんだ——喉まで出かかった言葉を呑み込むと、急に恐怖心が湧いてくる。

この世で最も強い生物として生まれながらも、馨には恐れていることがあった。

永遠の命を持つ自分が、独りだけ取り残される未来が怖い。

ルイと継の寿命は、延命によって残り百三十年まで延ばしてある。蒼真は残り千二百年ほどだ。徐々に輸血して延ばしていけば、独りだけ残ってしまうことはないけれど……無限の命を持つ身としては身内の死が怖くてならない。いつか誰もいなくなった時、自分は誰のために生きて、どうやって日々を過ごすのだろう。

無感情に淡々と動く眷属達の世話になりながら、自分を倒す新たな純血種の誕生を恐れて……牽制と恐怖支配を永遠に続けるのだろうか。

「今日はそれを言いにきた。ユーリの耳には入れたくなくて……気にするだろうし」

金色の髪を軽く掻《か》き上げた蒼真は、眷属の医師に血を抜かせることなく腕を組んで立っている。

気遣うのはユーリのことだけ？　独り残される俺のことは考えてくれないのか？

そう問えるものなら問いたかった。

延命する手立てがあるのに、しないなんて信じられない。

「馨、蒼真はあと千二百年くらい生きられるんだろ？　まだまだ先の話だから」

馨の気持ちを察した紲の言葉が、どこか遠くから聞こえてくる感覚だった。

確かに近々どうなるという話ではないし、その時になったら状況が変わっているかもしれない。蒼真が延命を望まなくても、敵襲により瀕死《ひんし》の状態になれば、大量の血を輸血せざるを得なくなるだろう。今この場で嘆《なげ》く必要はないと、理性が必死に訴えていた。

それでも心は沈んで浮き上がらず、蒼真のことを怨めしく睨《にら》み上げてしまう。

――俺を独り残して……死ぬ気なんだ……。

遥か先のこととはいえ、薄情《はくじょう》な選択が酷《ひど》く応《こた》える。

蒼真はユーリと共に人生を全うする気だ。甥の自分を孤独にしてでも、恋人に対する愛を貫き通そうとしている。蒼真にはユーリがいて、父には紲がいて、自分にだけまだ何もない。

「別に、いいよ……好きにすればいいじゃん」

馨はソファーに座ったまま、眷属が黙々と用意した注射器に向かって腕を差しだした。

不満を口にしたり女々《めめ》しく縋ったりするのが嫌で、平静な振りをする。

「――ヴァンピールも決まったことだし、俺の長生きに付き合いたくないなら普通に寿命を全うすればいい。無理に付き合ってくれなくて結構だ」

突き放すような言いかたをした馨は、全身に張り巡らせた結界の一部を解いた。

そのため注射針が腕に刺さり、慣れない痛みに顔を顰《しか》めることになる。常々結界を張っている馨にとって怪我は小さなものでも縁遠く、たかが針一本の痛みさえ強く意識させられた。

「馨っ、ヴァンピールを決めたって……それ、どういうことだ⁉　俺の知ってる人⁉」

「相手は人間の男か⁉　そんな話は聞いていないぞ！」

「へぇ……もう決めたのか」

蒼真も目を見開いて驚いていたが、それ以上に興奮したのは両親だった。

二人に比べたら蒼真の驚きは小さなもので、関心の差が窺《うかが》える。自分を慕っていた甥が、他の誰かに気持ちを寄せていようと、蒼真にとってはどうでもいいことなのだ。

むしろ祝福《しゅくふく》するような顔で、ただ静かに話の続きを待っている。

「もちろん人間の男だよ。従順で華奢《きゃしゃ》で、俺のこと最優先で考えてくれる可愛い子」

馨がそう言った途端、血を抜かれ過ぎて青ざめているルイと紲が身を乗りだした。

酷い顔色でも人形のように美しいルイは、紫の瞳を円《まる》くして「素性《すじょう》はわかっているのか？」と心配そうに訊いてくる。紲は相好《そうごう》を崩しながら、「馨にそんないい人がいたなんて！　いつ紹介してくれるんだ？　相手にはもう話してあるのか？」と、歓喜《かんき》した。

馨は二人に向かって、「近々紹介するから、ちょっと待っててよ」と苦笑を返す。

そしておもむろに蒼真の顔を見上げると、予想外に穏やかな顔で微笑《ほほえ》まれた。

「お前にそういう人がいてよかった」

蒼真は、妬心《としん》など微塵《みじん》もない目をしている。心から祝福《しゅくふく》しているように見えた。

たとえ恋愛感情を持っていない相手でも、自分を慕っていた存在が別の誰かに目を向けたら、多少なりと嫉妬したり淋《さみ》しい気持ちになったりするのが人間というものではないだろうか。

蒼真は獣人だが半分は人間だ。それなのに、つれないと思った。

誰にも渡したくない——そう思ってくれない人を想い続けるのは、とても虚《むな》しい。

蒼真が横浜を出て軽井沢に向かうのを見送った馨は、何事もなかったかのように彼に接して、腹の底で渦巻《うずま》く感情を押し殺していた。

そんなに番が大事か⁉　血の繋がった俺より出会ったばっかのアイツを取るのか⁉　ユーリの何がそんなにいいんだよ！　なんで俺じゃダメなんだ——頭の中では荒々《あらあら》しく叫《さけ》んで問い詰めていたが、実際には無言を通した。

蒼真に対してはいつもこんな調子で、肝心《かんじん》なことは何も言えない。

口に出すことで、お互いが大切にしているものを壊したくなかったし、言って何かが好転するわけではないことも、蒼真に過失がないこともわかっているからだ。

悪いほうにしか向かないのをわかっていて、無闇《むやみ》に責め立てるほど子供にはなれない。

当然ながら力に訴えて無理強いなどできるはずもなく、ただ密かに想い続けるばかりだった。

かれこれもう、十五年くらいだろうか。

この人こそが一生の伴侶《はんりょ》だと子供心に決めていたにもかかわらず、思い通りにはできなかった。

最強の自分は、何もかも手に入れられる特別な存在だと信じていたのに——。

蒼真の眷属が運転するセダンが見えなくなると、それまで横に立っていたルイが距離を詰めてくる。真剣な顔で、「先程言っていたヴァンピールの件だが」と切りだした。

紺もほぼ同時に、「恋人いたのか？」と訊いてくる。

「いるに決まってるだろ。父さんと紺の子なんだし、嫌んなるほどモテるんだから」

馨は二人の顔を交互に見ながら、くすっと笑う。

特に無理をして笑ったわけではなかった。

恋に破れたところで、自分には両親がいると思えたから笑えたのだ。

全部は手に入れられなかったけれど、心から愛してくれる両親がいて、生まれてから一瞬たりとも孤独になったことはない。いつも誰かが愛してくれた。

「馨、私は今とても感動している」

「ほんと、凄い……よかった」

「とりあえず自分で話をつけるから、それまで黙ってて。調べるとかはナシで」

そう言っておかないと人を使って動きだしそうなルイに向かって、馨は真顔で念押しする。

二人共余程嬉しかったのか、目をきらきらと輝かせていた。

「まだ正体も話してないし、折《おり》を見て慎重《しんちょう》に進めるつもりだから」

二人に向かって告げると、紲が泣きそうな顔で「頑張って」と言ってくる。

紲は息子が選んだ相手に文句をつけるような性格ではないし、ルイも、相手が人間なら文句はないだろう。

不老不死のヴァンピールになった理玖を、二人は快《こころよ》く迎え入れるはずだ。

ルイも紲も理玖を嫁のように可愛がり、蒼真やユーリや異母弟のノアが時々来て、この屋敷で賑《にぎ》やかに過ごす――そういう未来を想像するのは、決して難しくなかった。

それが一番いい……人生には、前向きな妥協《だきょう》が必要な時もあるのだ。

そう思わないと、やりきれない想いだった。

9

馨の口からヴァンピールという言葉を聞いた日の夜、理玖は自分がこれからすべきことを考え、具体的にどう消えるか――その答えを出せないままタブレットを手に座り込んでいた。

大きめのワンルームで、敷き詰めた畳から香ってくる藺草《いぐさ》の匂いを感じる。

部屋のどこを見ても、馨が気に入っているものばかりだった。

彼に合わせているうちに自分の好みがわからなくなり、彼の好きなものが自分の好きなものになった。そんな調子の自分が馨とスムーズに離れるにはどうしたらいいのか、考えても考えても答えは出ない。

タブレットの画面の中では、引っ越し業者のイメージキャラクターが絶えず動いていた。

夜逃げ同然の引っ越しに対応してくれる業者を見つけたので、今すぐに引っ越してしまおうと思ったりもした。

しかし馨を殺す機会を逃すことを大叔父が許すはずはなく、追われるのは目に見えている。

そして馨も、何も言わずに消えたら心配して捜《さが》そうとするだろう。

誰かに謝礼を払うなりして、新しい恋人の振りをしてもらって……というやりかたも考えたが、こんなにも馨に惚れ込んでいる自分が乗り変える相手などいるわけがなく、どんな男に頼んでも嘘だと見破《みやぶ》られるだろう。そうかといって、女性に頼んだり結婚を理由にしたりするのも無理がある。

結局のところ、馨の気持ちが冷めて、彼自身が別れると決めない限りは別れられないのだ。

──僕の血液は君にとって猛毒です……たった一言、そう告げれば済む話だけど、それだけで終わるはずがない。息子を溺愛《できあい》してる彼のお父さんは僕の血筋を調べるだろうし、ヴェレーノ・ミエーレの存在や……それによって起きる病については魔族も把握している。蜂角鷹教団が退魔ウイルスのキャリア集団だと知られたら、当然捨て置いてはくれない。

馨より大切なものはないけれど、蜂角鷹教団の人間が殺されるとわかっていて告白などできる道理がなかった。

自分が取るべき行動は何かと自問すれば、浮かび上がるのは死のイメージばかりだ。

自殺すると原因を詳しく調べられる可能性があるため、事故に見せかけて死ぬのが一番だが、無関係な他人を巻き込むわけにはいかないし、事故では確実に死ねない場合もある。

馨の身を退魔ウイルス、ヴェレーノ・ミエーレから守りつつ、蜂角鷹教団の存在を隠して縁を切るにはどうしたらいいのだろうか。

──本当は人間じゃないってことを、馨ちゃんが僕に告白してくる前に、消えないと……。

理玖は畳の上からゆらりと立って、キッチンに向かった。

きちんとしまっていた包丁《ほうちょう》を取りだし、刃の先をじっと見る。

中学からは自分で弁当を作っていたので、料理はある程度できるのだが、馨の前で包丁を使うことは絶対にしなかった。

馨に血を見せないよう、細心の注意を払ってきたのだ。

刃物恐怖症だと言って馨の前で刃物を使うことはせず、どうしても必要な場合は安全鋏《ばさみ》を使い、手を切らないよう紙片の扱いにすら気をつけた。

そしてもう一つ。寝ている間に吸血されることを避けるため、馨より早く眠らないよう努めて、彼より早く起きた。

——それでも、その気になれば吸えたはずなのに……馨ちゃんは僕の血を一滴も吸わなかった。運命に勝ち続けたんだ。だからこのまま勝ち逃げして欲しい。僕をヴァンピールにしようなんて、そんな馬鹿なことは考えないで……。

一生一緒に居る相手として自分を選んでくれたこと、それは本当に嬉しかった。

その悦びを胸に、自分は消えなくてはならない。まだどうしたらよいかわからないけれど——。

理玖は握っていた包丁を元の場所に戻し、鬱々《うつうつ》と溜め息をつく。

馨がいつ来るかわからない場所で血を流すわけにもいかず、結局何もできなかった。

全身の血液から毒が抜けて、馨にとって美味で有益な血に変わっていく夢を思い描きながら、ハンガーにかけてあったバスローブに触れる。

金の薔薇の刺繍が施されたバスローブは、学生の部屋には不似合いなくらい豪華に見えた。

高嶺《たかね》の花に触れてしまった自分の末路は、おそらく悲惨《ひさん》なものに違いないが……それでも彼と出会ったことを後悔してはいない。

切なくも濃密《のうみつ》な日々を過ごし、愚《おろ》かだと気づきながらも彼を愛した。

計画も計算も未来も、すべて狂《くる》って引きずり込まれる恋の悦びを味わったのだ。

「——っ」

バスローブを抱き締めていた理玖の耳に、携帯の着信音が飛び込んでくる。

音で馨からの連絡だとわかった理玖は、ローテーブルの上の携帯を慌てて手にした。

画面には、『今から行く』と表示されている。自宅からだとして、バイクならあと数分で着くと思うと、気持ちが焦って手足がばらばらに動きだした。

理玖はタブレットで開いていた引っ越し業者のサイトを閉じ、閲覧履歴《えつらんりれき》を消去してから掃出《はきだ》し窓を全開にする。秋の夜風は冷たかったが、馨を迎える時のくせで部屋の空気を入れ替えた。

そしてオイルヒーターの設定温度を少し上げ、ローラーテープを使って畳の上やベッドの埃《ほこり》を取る。馨は臭いに敏感なので、キッチンや洗濯機、バスルームの排水口に溜まった水を洗い流すために、あちこち駆け回った。

新しい水を出しつつ脱衣所に飛び込んで、入念に手と顔を洗い、歯を磨いているとチャイムが鳴る。エントランスからではなく、部屋のチャイムだ。

時間的には馨が到着してもおかしくない頃合だったが、理玖はその音に違和感を覚える。

馨は合鍵《あいかぎ》を持っているので、携帯で連絡してきた場合はチャイムを鳴らさない。

エントランスホールにある自動ドアのロックを自分で解除し、部屋のドアは勝手に開けずに、ノックをするのがお決まりになっていた。

自分がメールの返事をしなかったから、馨はチャイムを鳴らしたのかもしれない……もしくは別の訪問者なのか……いったいどちらだろうと思ってモニターを覗《のぞ》き込んだ理玖は、そこに映るスーツ姿の男を見て目を疑う。

ドアの向こうに立っていたのは、馨ではなく三十代半ばの男だった。

教団幹部の一人で、父親の従弟《いとこ》に当たる鷹上良仁――教祖の善一の息子だが、魔族のオーラを見極める目の力が弱く、ウイルスもわずかしか持たないため難しい立場にあると、母親代わりの教団員から聞いたことがあった。おそらく何か用事があって、教団預けの合鍵でエントランスを通過し、部屋の前まで来たのだろう。

「良仁さん……っ、どうしてここに⁉」

理玖は玄関ドアを開け、声を潜めながらも来訪の理由を訊く。

すると良仁は、「標的が自宅に居るのは確認済みだ。一緒に居るなんて嘘は通らないからな」と威圧的に迫ってきた。

ここに突然やって来た理由は聞けなかったが、本当は言われるまでもなくわかっている。

理玖がいつまでも馨を暗殺せず、教団からの指令や定期連絡を無視したり、善一からの電話に出なかったり、裏切りとも取れる行動を続けているからだ。

「良仁さん、駄目です……今は……」

馨が自宅を出る直前に在宅を確認したらしい良仁に、理玖はもう一度、「駄目です」と言った。

そして首を左右に何度か振る。迂闊《うかつ》なことは言葉にできなかった。馨は耳がよいので、もし今エレベーターホールに居たとしたら会話が聞こえてしまう可能性がある。

「来る予定なのか?」

理玖の顔色から状況を察した良仁は、そう言うなり後ろを振り向いた。

頭から水をかけられたように顔を強張《こわば》らせる良仁の姿を見るや否や、理玖は足音を耳にする。

エレベーターホールからこの部屋までの距離は短く、聞き覚えのあるライダーブーツの足音が確かに近づいていた。良仁には馨の姿も見えているのだろう、最早《もはや》隠れようがない状態の彼は、無言のまま外側に身を引く。

理玖からはドアの外の様子が見えなかったが、「誰？」というあからさまに不機嫌《ふきげん》な馨の声と、良仁の叫び声が聞こえてきた。「うわあぁ！」と、恐怖に満ちた悲鳴が共有廊下に轟《とどろ》く。

「馨ちゃん⁉」

理玖は閉じかけていたドアを摑み、大慌てで外に飛びだした。

馨が良仁に何かしたのかと思ったが、実際には違う。馨が放つ暗紫色のオーラを初めて近くで見た良仁は、圧倒的な魔王の存在感に戦慄《わなな》いて叫んだのだ。

馨に何をされたわけでもなく、良仁はそのまま駆けだした。

エレベーターを避けて反対側にある階段に向かって走り、転がるように下りていく。

「――なんだよアイツ……如何《いか》にも間男《まおとこ》じゃん」

自分のオーラが一部の人間に見えていることを知らない馨は、あらぬ疑いを持ったようだった。

良仁が無様《ぶざま》な去りかたをしたのは、人間としての自分の見た目に恐れをなして逃げたと思っているのだろう。階段を見下ろして忌々《いまいま》しげに舌を打つと、玄関ドアを思い切り摑んだ。

「誰あれ、どういうこと？」

馨の体で室内に押し込まれた理玖は、施錠《せじょう》の音を聞く。

これまでに小さな喧嘩は何度かしたことがあったが、本気で怒っている姿はほとんど目にしたことがなかった。今は本気に限りなく近い状態だとわかる。納得のいく説明をして宥《なだ》めなければ、馨はかつてないほど激怒するだろう。オーラが一際大きく膨れ上がり、一触即発《いっしょくそくはつ》に見えた。

「えらくビビってたけど、わりとイイ男だったな」

馨は凄みながら言って、玄関の壁に拳《こぶし》を当てる。靴も脱がずに、「誰？」と訊いてきた。

答えに迷った理玖は、弁解の言葉を考えるのをやめる。不意に湧いてきた別の考えに、意識のすべてを向けた。良仁の犯したミスが、千載一遇《せんざいいちぐう》の機会に思えたのだ。

「ごめん……近いうちに、話そうと思ってたんだけど」

理玖は俯きながら、胸の辺りを強く押さえる。

馨の顔を見ると決意が鈍《にぶ》るので、あえて彼の足元ばかりを見ていた。

「何それ、ごめんって何？　意味わかんねえんだけど。まさか俺とあの男と、二股《ふたまた》かけてたとか言わないよな？」

黒革《くろかわ》のブーツの先がわずかに上がり、苛立《いらだ》ちを示すように動く。

自分の発言を今すぐ撤回《てっかい》したくなった理玖は、衝動を抑えながら沈黙を貫いた。

それが肯定になることは重々承知のうえで口を閉ざし、じっと息を殺して立ち尽くす。

「冗談だろ？　あんな男の何がいいわけ？　俺の顔見て腰抜かしてたぜ。ああいう軟弱《なんじゃく》な野郎が好みだったのか？　おい……黙ってないでなんとか言えよ！」

馨の声のトーンが上がっていく中、理玖は今度こそ本当に腹を括った。

摑まれそうで摑まれなかった胸倉《むなぐら》を自分の手で摑んで、一度大きく息を吸う。

馨と蜂角鷹教団の人間、そのどちらも死なせずに済ませる方法など、そうそうないのだ。どうあっても、この機会を上手く利用しなくてはならない。

「あの人は、確かに強くないし……特別でもない、ごく普通の人だけど、でも馨ちゃんみたいに自己中じゃないし、好き嫌いも多くないし、強引でもない……優しくて、いい人だよ」

「――っ」

「一緒に居て癒される人のほうが……いいって、自分には合ってるって、そう思ってる」

ごめんなさい、ごめんなさい――何度も心の中で謝りながら、理玖は再び息を吸い込む。

馨の顔は見ないまま、「だから、別れて」と口にした。

こんな言いかたをしたらプライドの高い馨がどんな想いをするか、わからないわけじゃない。

馨はとても強くて自信家で……それでいて本当は、年相応に繊細《せんさい》なところもあるのだ。

そして淋しがり屋でもある。

馨が自分に懐いてくるのは、家族の誰にも甘えられない時だ。

自分にとって恋人は馨でなければ駄目だったけれど、彼にとっては誰でもよかった。抱いても孕《はら》まず、感情や意思があって、それでいて従順で気楽な相手なら誰でもよかったのだ。

「――馨ちゃんにとって僕は楽な相手だったかもしれないけど、そう思ってもらうために、僕は努力してたんだよ。好きだったけど、いつも大変で……楽だと思ったことは一度もなかった」

偽《いつわ》りではなく本心を零した途端、涙が溢れだす。

床にぽつぽつと落ちた涙を見ながら、理玖は自分の言葉を否定していた。

気まぐれな馨に合わせて、彼にとっての快適《かいてき》な環境を整えるのは楽ではなかったけれど、その大変さも含めて楽しかった。後ろ暗いところがあるのを忘れて、馨が与えてくれる悦びや幸福に溺《おぼ》れた。馨のことが好きだったから、何をされても最後は必ず幸せで――。

「ごめん……っ、なさい……」

「――理玖……」

「ごめ、な……さい……ごめん、なさい……」

膝の力が抜けてしまい、理玖はその場にしゃがみ込む。

涙で濡れた床に手をついて、何度も何度も謝った。

殺すつもりで近づいたこと、たくさんの嘘で固めて、話を合わせてすり寄ったこと、そうして始まったすべてを告白することはできないけれど、今はただ謝りたかった。

もしも綺麗な血液を持っていたら、こんなふうに馨を傷つけることはなかったのに……心から思い切り好きだと言って、彼のヴァンピールになれたのに――。

「そんなふうに謝らなくていい。お前に傷つけられるほど柔《やわ》じゃないから」

しゃがんでいた理玖は、遥か上から降り注ぐ声に耳を打たれた。

恐る恐る顔を上げると、暗紫色のオーラを背負った馨に睨み下ろされる。

これまで見たこともないほど冷めた表情だった。

感情というものがまるで見えない。

「面倒なの嫌いだし手近に居る奴で済ませたかったけど、あの腰抜けが似合いだって言うんじゃ仕方ないよな。次こそ俺に合う奴を見つけないと」

激昂《げっこう》するオーラとは逆に、馨の口調は凪《な》いでいた。

感情の見えない目に囚われながら、理玖は呼吸を忘れて居竦まる。

冷淡《れいたん》な言葉しか吐きそうにない唇が次に何を言うのか、考えるだけで血の気が引いた。

「――お前との時間、完全に無駄だったな」

色を失い、震えることしかできない理玖に、馨は容赦《ようしゃ》なくその一言を放つ。

声を荒《あ》らげることはなく、静かに踵《きびす》を返して去っていった。

10

大学を三日間休んだ理玖は、四日目に電車を利用して登校した。

この三日間、蜂角鷹教団からしつこく連絡が入っていたが、昨夜《ゆうべ》になって返信し、『良仁さんが招いた誤解を解消すべく、努力している最中です』と書いたら、静かになった。

泣き腫《は》らして瞼《まぶた》が厚ぼったく酷い顔になっていたので、できればもうしばらく部屋に籠って、誰にも会わずに過ごしたい。

講義を受けることに意味を感じられず、今日も休もうかと何度も思った。

それでも来たのは、馨に会いたかったからだ。これ以上接触して傷を深めるのは怖いけれど、もしかしたら別の言葉が聞けるかもしれないと期待している自分がいる。

馨は謝ることを知らない男ではないので、「さすがにあれは言い過ぎた」「二股かけてたなんて嘘だろ？」「俺は理玖を信じてるよ」と、言って欲しい。

結局は馨の前から姿を消す身で、そういう言葉を期待するのは厚かましい話だと思う。でも、もしも彼がそんなふうに言ってくれたら――もう一度きちんと謝ることができる。

馨の顔をしっかりと見つめながら、「馨ちゃんより好きな人なんていないよ」「一緒に居られて、凄く幸せだった」と伝えたい。

最後に少しでも馨に気分のよい思いをしてもらって、自分もいくらか心温まる言葉をもらって、そういうふうに別れてからひっそりと消えたい。今のまま別れるのは、あまりにもつらかった。

「あら鷹上くん、独りなの？」

銀杏並木のキャンパスを歩いていると、長い茶髪の女子学生に声をかけられる。他にも二人いた。三人揃って似たような恰好で、一律《いちりつ》に嘲笑《ちょうしょう》を浮かべている。

「なんか目ぇ腫れてない？　可愛い顔が台無しだよー、ちゃんと冷やさなきゃダメじゃん」

「やっぱあれが原因？　そうだよねぇ、学校休んで泣き腫らすのも無理ないよねぇ」

ごてごてとデコレーションされた凶器紛《まが》いの爪《つめ》の先には、駐車場に向かう途中の黒いジープが走っている。誰が運転しているのか確認するまでもなく、車全体から暗紫色のオーラが見えた。

「雛木くん、ミス慶明と付き合い始めたみたいよ。鷹上くん一筋だったのにねぇ」

駐車場に車を停めた馨は独りで降りて助手席側に回り、同乗者が降りるのをスマートに支える。助手席に居たのは、二学年上のミス慶明だった。

如何にも育ちのよい富裕層の令嬢《れいじょう》で、今日の車にも馨の服装や雰囲気にも合っていなかったが、うっとりとしながら馨に肩を抱かれている。

周囲の態度は何も変わらず、馨のフェロモンに引き寄せられるかのように女子が群がり始めた。理玖の近くに居た三人も、「女体《にょたい》に目覚めてくれてよかったわー」「元々バイでしょ」とはしゃぎながら馨を追いかける。

――馨ちゃん……。

馨に会いたいとか、話したいとか、ましてや謝られて穏便に別れ話をしたいなどと思っていた自分に、呆れ返って言葉が出なかった。ぐっと拳を握り締める。

馨が寄ってきてくれなければ、この手は決して彼に届かないのだ。

今でもまだ馨の恋人気分で、別れ話云々《うんぬん》と考えていたことが恥ずかしい。

馨にとっては、すぐに忘れて乗り換えられる程度のことなのだ。

普通に登校して、大学一の才媛《さいえん》を口説《くど》いて……そういうことを、平然とできるくらいなんでもないこと。途轍《とてつ》もなく長い彼の人生の中の九年間は、本当に無駄な時間だったのだろう。

――僕にとっては、短い人生のすべてだったよ。

無駄なんて少しもなかった。泣いたことも笑ったことも、全部が大切な思い出になっている。

理玖の視線に、馨が振り返ることはない。群がる女子学生と共に、彼は校舎に向かった。

一歩も進むことができなくなった理玖は、散らばる銀杏の上に落涙《らくるい》する。

みっともないな……と思っても、ハンカチ一つ取りだせなかった。

午前の秋風は冷たくて、濡れた頬がぴりりと引《ひ》き攣《つ》る。

――落ち込むのは、期待していた証拠《しょうこ》だ。僕は君にとって都合のいい相手に過ぎないって……弁《わきま》えてるつもりで、本当は思い上がっていたんだね。一番じゃなくても、特別な存在になれてる気がしてた。僕達の間には何かがあると信じて、馬鹿な夢を見ていたんだ。

校舎に背を向けた理玖は、ようやく取りだしたハンカチで目元を押さえる。

ヒクッと鳴ってしまった喉に、冷気がすうっと抜けた。胸の中に滾《たぎ》る嫉妬や悔恨《かいこん》の念は熱く、そんなものでは冷めないけれど、意識して何度も何度も、冷たい空気で肺を満たす。

駅に向かって歩いている途中に、また夢を見てしまった。

思っていたより諦《あきら》めが悪いのか、馨が追ってきてくれることを期待して、肩を掴まれる感触を思い描く。ぐいっと引っ張られ、振り返ると馨がそこに居て……。

現実には何も起きず、人波に逆らって駅に向かうだけだった。期待する肩が冷たい。

色づいた街路樹を見ながら歩いていると、ポケットの中で携帯が震えだした。

馨からの連絡かと思ってしまったが、振動のパターンで違うことに気づく。

画面には、『母』と表示されていた。カモフラージュで、実際には蜂角鷹教団の教祖、大叔父の鷹上善一からの連絡だ。メールではなく、いきなりの電話だった。学内に潜入《せんにゅう》している教団員の誰かが、馨と理玖が十分に距離を取った状態にあることを報告した直後と考えられる。

電話に出るのが嫌で迷いながらも、理玖は仕方なく応答した。「はい、理玖です」と言ってから後ろを振り返ると、キャンパスに向かう学生の背中ばかりが見える。

『標的とは離れた状態にあるな？　至急、話したいことがある』

「はい、なんでしょうか」

善一は常に深刻《しんこく》な話しかたをする男だが、今は特にそう感じた。

何か悪いことが起こっている気がして、ざわざわと胸騒ぎがする。

理玖は秋風に縮《ちぢ》かむ体を摩《さす》りながら、木漏《こも》れ日《び》を求めて通路の端に移動した。

『標的が人間の女性に接触し始めた。最早一刻の猶予《ゆうよ》もない。種付けする前に、なんとしてでも殺せ。お前ならできるはずだ』

「──っ」

単刀直入《たんとうちょくにゅう》に指令を受けた理玖は、その瞬間、自分の思考が彼らと違う方向を向いていたことに気づかされる。善一に「種付け」と言われてもなお、それはあり得ないと思ってしまった。

馨がミス慶明と睦《むつ》まじくしているのを目にしたにもかかわらず、馨が彼女を抱くということを想像できなかったのだ。それどころか、馨が彼女のことを好きになったという可能性すら考えていなかった。いくらでも変わりが利く、飾りのようなものとしか思っていない。

「大叔父様……大丈夫です……それは、ないですから」

『理玖？　何を言ってるんだ？　現に標的は人間の女性に迫って交際を始めているんだぞ』

「彼は、気まぐれなところはあるけど……守るべきところはちゃんと守る人です。人間の女性に手を出して、その場の勢いで貴族悪魔を生みだすようなことは、絶対にしません」

『あの男に絆されて手を拱《こまね》いていたお前が、絶対なんて言えるのか？　学内では、お前が標的に捨てられたことになっているそうじゃないか。良仁のミスがあったにしても手緩《てぬる》いぞ。どうにかもう一度近づいて吸血させろ。二人きりの時に怪我をして誘発すれば……』

「無理です。それに関しても、教団の皆さんは魔族を甘く見過ぎています。これまで、彼が僕の血を一滴も吸わないできたのは、親にそう躾《しつ》けられているからだと思います。血液検査を通さずいきなり人間に咬みつくような、粗暴《そぼう》な生きかたはしてないんです」

『それはこちらも把握している。奴らが原則として仲間同士で血を吸い合って暮らしているのは確かだ。だからこそ、お前を幼い頃から標的に接触させたのだ。気心が知れているお前の血なら、検査などせずに口にするはずだ。お前がその機会を作りさえすれば……っ』

電話の向こうで声を荒らげた善一は、自らを律するように息を詰めた。

回線が切れたのかと思うような沈黙が過《よ》ぎる中、理玖は目の前を通り過ぎていく学生の横顔を眺《なが》める。電車から降りたばかりの彼らは寒さに手を擦り合せながらも、とても生き生きとして、若い命の輝きに満ちていた。

誰もが当たり前に明日があることを信じて、少し先の未来を考えながら生きている。目の前にある世界はとても平和で美しいのに……本来なら自分も同じように普通でいられたはずなのに、好きな人を殺すの殺さないのと、朝の光の中で話している状況が心底嫌だった。

『――っ、標的が動いたようだ。車で移動するところらしい。一旦《いったん》切る』

しばらく黙っていた善一は、早口で言うなり通話を終了する。

大学に潜り込んでいる教団員が、メールか何かで知らせたのだろう。

理玖は来た道を振り返り、またしても甘い夢を見た。馨が車で移動するということは、受けるはずだった講義を受けずに帰るということだ。そう考えると、どうしても期待してしまう。

駅に続く道に立っていた理玖は、オーラを立ち上らせる黒いジープの姿を目にした。

車内にミス慶明の姿はなく、車は速《すみ》やかに停止する。

助手席のドアが目の前に来た。機械的な音が立ち、ロックが解除される。

ほんの数日前までは当たり前にドアを開け、乗り込むことが許されていた車だ。

「馨ちゃん……」

運転席の馨は何も言わなかったが、目を合わせて「乗れ」と命じるような顔をする。

ジープの車高の関係で彼の表情が見て取れた理玖は、自分の背後に誰も居ないことを確認してからドアハンドルに触れた。読み取った馨の意思が、間違いではないことを祈る。「勝手に乗るな。お前を乗せたくて停めたんじゃない」と言われて突き放されるのが怖かった。

助手席に座っても何も言われなかったので、いつものようにドアを閉める。

馨は黙って車を発進させ、理玖もまた、黙ってシートベルトを締めた。

――どうして追いかけてきてくれたの？　講義はいいの？

喉の辺りで燻る言葉を口にできず、理玖は自分の指を摘まんでは弾《はじ》く。

別れる機会を得られてよかったはずなのに、復縁に繋がるかもしれない状況に心が揺れた。

実際にどうなるかはわからないけれど、馨は自分を完全に切り捨ててはいないのだ。

それが嬉しくて困惑した。中途半端な意思では駄目なのに、やはり嬉しい。

「──香水の匂いが、するね」

しばらく経ってから、最初に喋《しゃべ》ったのは理玖だった。

馨は小学生の時から白薔薇のイメージの香水を少しだけつけているが、そのことではない。

車内にはミス慶明のものと思われる香りが残っていた。

清楚《せいそ》でありながらも華やかで、知的な印象を抱かせる香りだ。

「俺の親が作ったニッチ系の香水。センスのいい女だろ？　色気もあるし」

うん、そうだねと返そうにも返せず、理玖は息を止めて俯く。

窓を開けて換気《かんき》したくなったが、嫉妬や未練を表すわけにはいかなかった。

「女の匂いに触発されて、やりたくなった」

優美な残り香《のこりが》の中で、突然そう言われる。理玖は身を強張らせながら顔を上げた。

「けど女は面倒なんだよな。俺の精子はかなり特殊で、ゴムなんか突き抜けて体内に居座って、意地でも着床するらしいぜ。ラテックスもシリコンもポリウレタンもダメ……繁殖力最強だろ？　俺がやったあとのベッドで女が寝るだけでもヤバいらしい」

「そ、そう……」

「コイツ馬鹿かって思った？」

「――っ、全然、思ってないよ。馨ちゃんの……なら、そう言われても、なんかわかる気がする。見つめられただけで妊娠《にんしん》しそうって、誰か言ってたし」

馨が自分の正体を明かしそうな気配を感じた理玖は、あくまでも冗談として受け止めた振りをする。聞いてしまうことで関係が復活したり、進展したりすることは避けなければならなかった。

その一方で、「やりたくなった」という言葉にますます心を乱される。何を意味するのか、付き合いが長いので察することができた。車がどこに向かっているのかもわかる。

「やらせろよ」

馨は理玖が思っていた通りのことを口にした。投げやりだが、威圧的な口調だ。

嫌だともいいとも言えなかった理玖は、再び俯いて押し黙る。

拒絶して完全に縁を切るべきなのに、馨に抱かれる最後の機会を捨てることができなかった。

「セックス大好きな理玖ちゃんは、嫌だなんて言わないよな？　二股かけて男連れ込むような尻軽なんだし、また同じことやれよ」

「馨ちゃん……っ」

「寝取られっ放しとか、すげぇ気分悪ぃ。最後に二、三発やらせろ」

他の人なんて……ないよ、絶対にないよ。考えられないよ――声を張り上げて言い返したくて、理玖は閉じた口の中で歯を食い縛《しば》る。「君と九年も付き合っていた僕が、他の人で満たされると思う？」と、問い返すことができたらいいのに――。

自宅マンションに着くなり口淫を強要された理玖は、フローリングの上に敷いた畳に膝をつき、馨の性器を口に含んだ。最後だと思うと愛情を籠《こ》めたくなったが、その気持ちとは裏腹に、終始きつめに眉を寄せる。

「――ん、うぅ……く、う……」

強要されて、仕方なくやっているように見せる必要があった。

もしも本音を暴かれてしまったら、決意が揺らいでしまうかもしれない。

「なんだよ、あんなに上手かったのに急に下手になったな。ショボイのしゃぶって感覚鈍《にぶ》ってんじゃねえの？　ほら、しっかり銜えろよ」

「ぐ、う……ぅ、う――」

著大な性器を押し込まれ、口角が裂けそうだった。

あえて眉を寄せるまでもなく、本気で苦しい表情になる。

これでいい……嫌そうな顔をして、ぎすぎすしていればいいのだ。

自分はもうすぐ居なくなる。

死であれ逃亡《とうぼう》であれ、馨の前から姿を消すことに変わりはない。

親密な関係が続いた状態でいきなり別れるよりも、縁を切ってから別れるほうが遥かに痛手は少ないだろう。いい思い出にして、穏便《おんびん》に別れようなどと思ったのが間違いだった。

――僕が居なくなったら……淋しい？　少しは、つらくなる？

心の中で問いかけていると、口内にある物がどくりと爆《は》ぜた。

本当に苦しくて呻いた瞬間、髪を掴まれて性器を口から引き抜かれる。

眼球のすぐ前に開きかけの鈴口が来て、白濁《はくだく》した粘液が噴《ふ》きだすのが見えた。

辛うじて瞼を閉じることができたが、片目が開けられないほど大量の精液を顔にかけられる。

どろりと濃厚なそれは、鼻筋や頬を伝って唇まで流れ、最後は馨の指先で舌に塗りつけられた。

「……っ、う……」

「嫌そうな顔すんなよ。お前の好きなことしてやってんだろ?」

嘲笑を含んだ怒りを向けられた理玖は、そのままベッドになぎ倒される。

四つん這いの状態でジーンズと下着を下ろされ、前戯《ぜんぎ》もなしに屹立《きつりつ》を押しつけられた。

同時に、尻や腿《もも》を掌で叩かれる。パンッパンッと、高い音が部屋に響いた。

「い、痛い……っ、やめ……」

これまではＳＭ紛いのプレイをする時でも形ばかりで、本物の痛みを与えられたり体を傷つけられたりすることは決してなかったのに、今は違う。

尻を叩かれる痛みなど感じられないくらい、体の一点が強烈に痛かった。

粘膜が酷く軋んで、やめてくれと悲鳴を上げている。

「いっ、や……ぁ、痛い、嫌……っ!」

こんな無茶をされたら出血するかもしれない――そう思うと背筋が寒くなり、理玖は「痛いっ、嫌だ……!」と明確な拒絶《きょぜつ》を口にした。

本気で嫌がれば許してくれると以前は信じ、今も同じく信じる気持ちがあったが、馨が動きを止めることはなかった。ただ舌打ちだけを返される。面倒臭くて忌々しいと言わんばかりだった。

「ひ、う……ああ――ぁ……っ!」

強引に、ずぷりと奥まで捩《ね》じ込まれる。

自分を抱いているのは誰なのか、疑うほど乱暴な扱いだった。体が真っ二つに裂けそうになる。

痛くて、怖くて……しかし本当に恐ろしいのは痛みではなく、挿入による出血だ。

血を目にすることで、馨が吸血という凶行《きょうこう》に走るのが怖くてならない。

「う、うぅ……っ、痛ぅ……！」

呻いて痛がっても引いてもらえず、逆に腰を引き寄せられてずくずくと突かれる。

馨の動きに容赦はなく、完全に欲望の捌《は》け口《ぐち》にされていた。

「……っ、も、やめて……苦し、ぃ……っ」

「俺のコレを欲しがって散々媚《こ》びてたくせに、いまさら嫌がってんじゃねえよ！」

恫喝《どうかつ》された理玖は、さらに激しく突き上げられる。

腰や背中にかかる衝撃は凄まじく、息をするのも儘《まま》ならなくなった。

揺《かげ》れる視界は、馨の影《かげ》が映った壁で占められる。

陰《かげ》る壁には二人で撮った写真も貼ってあり、そこにはいくつもの笑顔があった。

もう二度と見ることは叶わない、眩《まぶ》しい表情ばかりだ。

「うう、あ、あ……っ！」

馨は誇りを踏み躙《にじ》られた怒りに任せて荒々しく動き、壁に映る影も動く。

他の感情はわからないが、怒りだけは確かだった。本当の彼は、こんなことをする男じゃない。

――馨ちゃんを散々騙してプライドを傷つけたくせに、もう一度……抱かれたいとか、綺麗に
別れたいとか……そんな甘いことばかり考えてたから……だから、ばちが当たったんだ。

呻きながら突かれ続けた理玖は、内腿を伝う生温かい体液に気づく。

馨も自分もまだ達していない。何より、その体液には粘り気がなかった。

「う、あ……ぁ……っ」

膝に向かって流れる物が血液だと確信した理玖は、焦りながらも対処する。

馨が血液に意識を向けないよう、窄まりに力を入れて彼の性器を締め上げた。

それにより痛みが増したが、セックスの快楽に溺れさせることで血を拭う隙を作ろうとする。

気づかれないよう利き手をベッドマットから浮かせ、内腿に手を伸ばした。

馨の腰の動きに合わせながら、痛いとは言わずに嬌声《きょうせい》を漏らす。

――血の匂い……消すには、どうしたら……。

一筋の血を指先で拭い取った理玖は、持て余したそれを何で拭うべきかわからず、自分の口に運んだ。

もちろん抵抗があったが、馨は気まぐれに後孔や腿を舐めるため、有毒な血をそのままにしておくわけにはいかない。この状況で血の匂いをできる限り消すには、舐め取るのが一番だった。

むしろそれしか思いつかない。

――血の味がする……鉄っぽい味が……。

馨の先走りと血によって滑りを増した結合部が、粘質な音を立てる。

理玖は指で拭った血を舐めて、再び流血を感じてから腿に手を伸ばした。

「あ、ん……ぅ、ん……っ」

ちゅぷっと指を舐めて同じことを繰り返すうちに、痛みが曖昧になっていく。

性交で流れた鮮血を舐めるという倒錯的《とうさくてき》な行為が、よく知っている快楽をより官能的《かんのうてき》なものに変えていった。自分が何をしているのか、何を守りたいのか、忘れてしまいそうになる。

「ふ……う、ん……あ、あ……もっと、もっと……して……！」

「このド淫乱、やられて善《よ》がってんじゃねえよ！」

「ひあ、あぁ――っ！」

背後から舌打ちが聞こえてきて、滅茶苦茶に突かれる。

いっそ骨まで砕かれて、このまま死んでしまいたかった。もう何も考えたくない。いつまでもこうして、馨と一緒にいたい。罵《ののし》られてもいい……他の誰かを好きでもいいから……時々優しく名前を呼ばれ、見つめられ、甘えられたい。親にも見せない姿を、自分だけに見せて欲しい。

「――っ、馨……ちゃん……っ」

理玖は譫言《うわごと》のように馨の名を口にして、「もっと……してっ」と繰り返す。死ぬ前にもう一度、上辺だけでもいいから、「理玖ちゃん好きだよ」と、いつもの調子で言って欲しかった。


理玖が目を覚ましたのは、陽が高く昇ってからだった。

虚《うつ》ろながらも視線が時計に留まり、正午であることを知る。日付は変わっていなかった。

畳に直接マットを置いているので、ワンルームマンションでも天井が高く見える。

この部屋にベッドを置いていないのは、長身の馨のためだ。元々天井が高めの最上階の部屋を選んだが、セックスの時にベッドに上がると、天井が近過ぎて嫌だと彼は言っていた。

――僕の人生は、途中から全部……君を中心に回ってた。

理玖は時計を見た時点で、この部屋に馨のオーラがないことに気づいていた。

あえて隣を見るまでもなかったが、体を横向けて一人分以上の隙間に片手を投げだす。

独りで過ごす時も、いつもこうして壁際に寄って寝た。今年の夏まで、馨は週末になると必ず軽井沢に戻っていたので、理玖は独りで気ままに過ごせる気楽さと、彼が居ない淋しさの両方を感じていた。金曜日に馨が使ったシーツをそのままにして、何度自分を慰《なぐさ》めただろう。

「ん……っ、ぅ」

寝返りを打ったことで注がれた精液が溢れだし、言葉にならない不快感に襲われた。

それは必ずしも不快なばかりではなく、ほんの少しの快楽と羞恥《しゅうち》を孕んでいる。

上掛けを捲って気怠《けだる》い腰を持ち上げると、さらに大量の残滓《ざんし》が溢れてきた。シーツを汚さないようティッシュに手を伸ばしかけるが、間に合わずに素手で受け止めることになる。

カーテンの隙間から入る光が当たり、ねっとりとした精液の中に血の筋が見えた。

シーツにも微量《びりょう》の血がついている。

――僕の血……毒の混じった血が……。

馨に血を見せたのは初めてで、恐怖のあまり胸が痛くなった。

出血したうえ気絶したらしく、迂闊《うかつ》にも馨の前で眠ってしまったのだ。

もしも知らぬ間に咬まれていたら取り返しのつかないことになるのに、制御できなかった。

――本当は、車に乗るべきじゃなかったんだ。接触しちゃいけなかったのに……もう一度触れたくて……そういう自分の我儘で、僕は馨ちゃんの身を危険に晒した。

罪の意識に囚われながら脱衣所に向かった理玖は、洗面台で手を洗う。

全裸のまま鏡を見ると、そこには赤く染まる首筋が映っていた。

「……っ、あ……！」

映画の中の吸血鬼が咬みつくような位置に、くっきりとした歯型がついている。

ただしそれは牙《きば》の痕《あと》ではなかった。上下の歯列が並んだ、人間でもつけられる歯型だ。

皮膚を破ることもなく、血を吸うこともなく、しかし咬みついて痕を残した馨の姿を、理玖は鏡の中に浮き上がらせる。

この首筋を、彼は確かに咬んだのだ。意識を失っている自分に覆い被さるようにしながら歯を食い込ませて、いったい何を考えていたのだろう。

――明かすつもりだった正体を、明かさないまま……人間として、別れるつもりで……。

何もかも話してもらって、何千年も一緒に生きていけたかもしれないのに……それは叶わず、馨は最後まで人間として去っていく。そして自分もまた、普通の人間として姿を消す。

「これで、よかったんだよね？」

馨が戯《たわむ》れに咬んだとは思えない首筋を見つめて、理玖は「さよなら」と呟く。

色々あったけれど、好きで好きで、本当に好きで……狂おしいほど愛していた。

馨の歯型を見ていると涙が止まらず、理玖は首筋を手で押さえながらベッドに戻る。

カーテンの隙間から忍ぶ光に顔を背《そむ》けて、深く眠りたかった。夢の中では、過去を再現できるかもしれない。出会った当時の明るい彼や、愛敬を振りまくのをやめた中学生の頃の彼、そしていつでも自分にだけは変わらず見せてくれた笑顔が、夢の中にはきっとある。

「──っ」

ベッドの壁際に寄ろうとした理玖は、携帯の振動音に振り返った。

もしや馨からの連絡では……と、期待してしまう自分が情けなくなる。

振動パターンで大叔父からの電話だとわかった途端、全身が重たくなった。

馨と過ごした時間や、引き攣るような痛みが残る咬み傷の余韻《よいん》を壊されたくなくて、上掛けの中に体を滑り込ませる。

しかし振動はいつまでも終わらず、ようやく終わったかと思うとメールが届き、再びしつこく振動し始めた。布団を頭まで被っても、耳を塞《ふさ》いでみても遮れない。

そうしているだけですでに余韻は壊され、馨のことではなく、大叔父や教団のことを強制的に考えさせられていることに気づいた。

「……はい」

五回目の着信で何もかも嫌になって電話に出ると、大叔父は何事もなかったかのように『奴と復縁したそうだな、よくやったぞ』と言ってきた。

さらに、『あの男は今、行きつけのホテルに居る』と続ける。

馨や自分の行動が筒抜《つつぬ》けなのが腹立たしく、返事をする気にもなれなかった。

『先程の話の続きだが……吸血を促す件に関してこちらの要請は変わらないが、お前にもう一つ用件がある。明後日の昼、鎌倉に来なさい』

「──鎌倉に？　教団本部に……ということですか？」

『ああ、スーツ着用でな。形ばかりだが見合いをしてもらいたい』

携帯から聞こえてきた善一の言葉に、理玖は耳を疑う。

ベッドの上で体を丸めながら、彼の言っていることが理解できずに閉口した。

『教団内で最も強い血を持った女性と結婚して、子供を作ってもらう。結婚が嫌なら籍《せき》など入れなくても構わないし、もちろんお前の性的志向を捻《ね》じ曲げる気はない。ただ……万が一の場合に備えて、精液だけは採取しておきたい』

「——何を……っ、仰《おっしゃ》ってるのか……」

『お前の父親は血の力が弱かったので、何も期待されることなく教団外の女性と結婚して子供を作った。言うなれば、お前は突然変異に近い天の賜物《たまもの》だ。しかも誕生した日が雛木馨と同じ——お前は負の力を抑え込むために、蜂角鷹神が我が国に授《さず》けてくださった聖なる存在だ。神の血を持つ選ばれし者だということを、努々《ゆめゆめ》忘れないでくれ』

老いても変わらぬ善一の狂信《きょうしん》に、理玖の視界は真っ白に変わる。

室内を照らす光が大きく広がって世界がぼやけ、あらゆる物の輪郭《りんかく》が曖昧になっていった。

『理玖？　返事はどうした』

返事などできるはずもなく、ゴトッ……と、畳の上から響く鈍い音で正気の在《あ》り処《か》を摑む。

ベッドの際から畳の上へと滑り落ちた携帯が、善一の声を漏らしながら青白い光を放った。

——馨ちゃんが卵の殻を割って誕生した日は、本当に、僕が生まれた日と同じなのかな……。

携帯に手を伸ばした理玖は、善一の言葉を聞くことを拒否して通話を終了する。

ぼんやりとした白い世界の中で画面を見つめ、馨の写真を表示させた。

セックスのあとの微睡《まどろ》みの表情——この上なく甘く、艶っぽい彼が居る。

携帯の中に閉じ込めた過去の馨は、今もこれからもずっと、自分だけのものだ。

――君が誕生日を偽っていないなら、やっぱり運命なのかもしれないね。自然界は、絶対的な強者の誕生を許さなかった。だから同時に天敵を生みだした。僕は君を殺すために生みだされた猛毒……毒であっても、君のために、君と出会うために生まれてきたんだ……。

しっとりと甘やかな寝顔が涙で滲む。硝子の上に滴《しずく》が伝って、同時に携帯が振動した。もっと見ていたかった馨の寝顔が消え、着信を告げる画面に『母』と表示される。

――お母さん……。

その文字の向こう側に居るのは、優しくて料理上手だった母親ではない。

大叔父の姿や教団員の顔を思い浮かべると、悲しみが怒りに変わっていった。

もう何もしたくない、怖いことは考えたくない。頼むから放っておいて欲しい。

九年前に戻って、両親の死も、雀蜂を食らうハチクマの姿も、何もかも消したかった。

小学四年生の夏休み、軽井沢で馨と偶然出会って友達になって、大学に上がってから再会して恋をして、両親に性癖を隠したり悩んだりしながら……時に泣いたり笑ったり。そういう人生を歩めたら、どんなによかっただろう。

――全部、終わらせよう……僕にだけ、できることがある。

理玖は携帯から視線を逸らし、自らの左手首を見る。

夥《おびただ》しい血を想像しても、今はもう吐き気に襲われたりはしなかった。

誰に命じられるわけでもなく、誰に傷つけられるわけでもなく、この体から意図的に血を流すことを心に決める。それが馨に対する、自分なりの愛だった。

11

昼前に理玖《りく》のマンションをあとにした馨《かおる》は、四連泊している都内のホテルで昼食を取る。

ルームサービス限定のステーキサンドが気に入っていて、一気に十人分を注文した。

できればもう少し頼みたいところだったが、部屋には三人の女と自分しかいないので、人間が一度に食べる量として不自然ではない程度に抑《おさ》えている。

最初は気に入っていたステーキサンドも、四日目になってだいぶ飽《あ》きてきた。

そろそろ自宅に戻って紲《せつ》の手料理が食べたいが、今は身内の誰とも顔を合わせたくない。

車を替えたり着替えたり、千里眼《せんりがん》を使った監視業務のために一時的に帰ることはあるものの、父親のルイにも母親の紲にも見つからないよう上手く立ち回っていた。

馨は純血種《じゅんけつしゅ》特有の結界《けっかい》を全身に張れるため、他の魔族《まぞく》に居場所を知られずに動くことが可能で、他者を避《さ》けようと思えばいくらでも可能だった。

携帯には両親からのメールが届いており、心配されているのはわかっている。

しかし今はまだ無理で、もうしばらく独りで過ごしたかった。

「しっかり食べて寝て、普通に学校行って……そうやっていつも通り過ごそうとか、意識してる時点でダメだよな。平常心じゃない証拠《しょうこ》だ。そんで結局、キレて酷《ひど》いことして……」

獣肉で腹を満たした馨は、人間の生き血を求めて牙《きば》を伸ばす。

キングサイズの天蓋《てんがい》付きベッドに膝《ひざ》を乗せ、そこで待っていた三人の美女に近づいた。

日本人の女達は、バスローブの腰紐《こしひも》を自ら解《ほど》いて乳房《ちぶさ》を露《あら》わにする。

うなじから髪を掻《か》き上げるようにして、トクトクと脈打つ頸動脈《けいどうみゃく》を晒《さら》した。

馨は三人のうちの一人に触れ、両肩を摑《つか》みながら咬《か》みつく。

瑞々《みずみず》しい皮膚《ひふ》を破《やぶ》り、噴《ふ》きだす血を喉《のど》の奥で受け止めた。

本当は理玖の首にしたかったことを、同じくらい細い女の首にする。

「平常心ではないということは、お心が乱れていらっしゃるということですね？」

「馨様の憂《うれ》いが一日も早く晴れることを、心よりお祈り申し上げます」

吸血《きゅうけつ》されるのを待っている二人は、機械的な喋《しゃべ》りかたでそう言った。

馨は一人目の血を少量吸うと、舌先で傷口を圧迫する。

そう簡単には塞《ふさ》がらないほど深い傷を負わせたが、吸血鬼《きゅうけつき》の牙には毒蛇《どくへび》の管牙《かんが》と同じ仕掛けがあるため、出血は程なくして止まった。

牙の先から毒を注入することで、強い麻酔《ますい》をかけたり、傷を早く塞いだりできるのだ。

鬱血《うっけつ》の痕《あと》は残るが、少量を緩《ゆる》やかに吸《す》えば比較的早く消える。

吸血鬼に突然襲《おそ》われた被食者は、毒により前後の記憶や意識を失い、正気に戻った頃には傷も消えているので、眩暈《めまい》や倦怠感《けんたいかん》を覚えつつも、夢を見たと思い込む——という寸法だ。

吸血鬼は魔族の中で最も高貴な種族とされており、存在を獲物に知られぬよう、気づかれないうちに吸血を済ませることを美徳《びとく》としている。

被食者を殺すことはなく、死ぬまで血を吸うのは品性に欠ける行為とされていた。

吸血種族の名に泥《どろ》を塗《ぬ》ることになるのはもちろん、ホーネット教会の掟《おきて》にも反しており、人を吸い殺した者は同族に粛清《しゅくせい》される。

「――ごちそうさま。もういいよ、変容《へんよう》して」

三人の血を吸い終わってから命じた馨は、彼女達がもたもたと変容するのを黙《だま》って見ていた。

通常は速《すみ》やかに変容するが、吸血のあとは毒の麻酔効果で緩慢《かんまん》な動きになる。純然《じゅんぜん》たる人間と比べれば効《き》き目《め》が弱いものの、目の焦点《しょうてん》が合わずにぼんやりとしていた。

「そう、それでいい……もっと寄って、俺の傍《そば》に」

午後の光を遮《さえぎ》ったベッドルームで、馨は三頭の雌豹《めひょう》に囲まれる。

黄金の豹の毛皮に埋《う》もれていると、子供の頃に戻ったように安心できた。

蒼真《そうま》の娘である彼女達は、感情を持たない使役悪魔《しえきあくま》だ。

知力と判断力があり、個体によってはそれなりに機知に富んだ会話もできるが、先程彼女達の一人が口にした「心よりお祈り申し上げます」という言葉は嘘《うそ》だ。

使役悪魔に心なんてものはない。

種族の繁栄《はんえい》のために主に尽《つ》くす本能を持つ彼らは、仕えることを生きる目的としている。

「すべすべして気持ちいいけど、蒼真には全然敵《かな》わないな」

温かい豹の体に抱きついて、頬《ほお》を埋《うず》めて茉莉花《ジャスミン》の匂《にお》いを嗅《か》ぐ。

貴族の蒼真と比べたら彼女達はすべてに於《お》いて劣《おと》っているが、それでも今は無感情な豹の体に埋もれていたかった。

――昔はただ、こうしてるだけでよくて……。

顔も胸も、背中も足も、すべてが毛皮に触れていて、すっぽりと包まれている状態が懐《なつ》かしい。

幼かった頃、幽閉中《ゆうへいちゅう》のルイには会えず、紲は心ここにあらずなことが多かった。

紲の愛情と温《ぬく》もりを求めて癇癪《かんしゃく》を起こしたこともあったが、いくら求めたところでそれは手に入らず、抱き締《し》められた記憶はほとんどない。

今では考えられない話だが、あの頃の紲は義務的に世話をしてくれていただけだった。

その代わり、いつも蒼真が傍に居てくれた。温かくて柔《やわ》らかい豹の腹毛に身を寄せて、心音を聴きながら尾で背中を摩《さす》られるのが好きで、本当に幸せで――。

「もっと……もっと寄って。体重かけても平気だから」

子供の頃のように豹の毛皮に包まれた馨は、眠りたくて瞼《まぶた》を閉じる。

理玖に対して自分がどんなに酷いことをしたかわかっているだけに、無条件で肯定《こうてい》してくれる彼女達と過ごすのは楽だった。

まともな相手に詳しいことを話したら、叱《しか》られたり説得されたりするのは目に見えている。何を言われるか、容易《ようい》に想像がつくのだ。

『もしかしたら誤解があるかもしれない。愛する者を信じ、冷静になってよく話を聞いたほうがいい。たとえ何があったとしても、乱暴《らんぼう》を働くのは以《もっ》ての外《ほか》だ』

父、ルイ・エミリアン・ド・スーラの声が明瞭《めいりょう》に聞こえてくる。

感情に走って過《あやま》ちを犯した過去がある彼は、きっとそう言うだろう。

『意地を張らないで素直に気持ちを伝えないと駄目《だめ》だ。逃げないで、ちゃんと話し合って』

母、香具山紲《かぐやませつ》の声まで聞こえてきた。

実際に耳にしているのは三頭の豹の心音や呼吸音なのに、やけにはっきりと耳に届く。

この四日間、妄想《もうそう》の中の二人に同じことを何度も何度も言われ、いい加減うんざりしていた。

——ああ、わかってるよ。それは正論だし、理想だよ。でもうるさい。ちょっと黙《だま》っててくれ。俺より長く生きてる自分達ができなかったことを、俺に上手くやれとか、無茶《むちゃ》言うなよ。純血種だからって万能《ばんのう》なわけじゃない……思い通りにいかないことだらけだ。

現実に聞いたわけではないアドバイスに、馨は「うるさい」「もういいから」と反発する。

三頭の雌豹は自分達が言われたのだと思い、口を閉じて呼吸音を出さないよう控《ひか》え始めた。

『一緒に居て癒《いや》される人のほうが……いいって、自分には合ってるって、そう思ってる』

今度は理玖の声が聞こえてくる。さらに続けて、『いつも大変で……楽だと思ったことは一度もなかった』『だから、別れて』と、とどめを刺《さ》された。

——ああ勝手にしろ。お前なんかどうでもいい。ただの人間だろ、代わりなんかいくらだっているんだよ。お前如《ごと》きが身の程も弁《わきま》えずに俺を振るとか、あり得ねえし、生意気《なまいき》だろ。この俺がヴァンピールにしてやろうって時に、あの程度の男に股《また》広げてんじゃねえよ！　汚ねえし、俺の銜《くわ》えて嫌そうな顔しやがって……許さねえ、ふざけんな……！

同じようなやり取りを頭の中で繰《く》り返《かえ》しては腹を立て、最後は黙って豹の毛皮に顔を埋める。

脳内の会話と、心で思っていることはまるで逆だった。本当はもう何もかもわかっている。

理玖の代わりなんていない。理玖があまりにも自分の思い通りになるから……調子に乗って、油断していた自分が悪いのだ。

——最強の俺に選ばれた理玖を、光栄な奴だとか……思ってた。ありがたく思えとか、そんなこと思ってたんだ。何様だって感じだよな……俺なんか、ただ強いだけじゃん。

プライドを挫《くじ》かれ、それをどうにか立て直すために理玖を傷つけた。

何を言われたら一番つらいか、わかったうえで故意《こい》に酷い言葉を向けたのだ。

そして今日も、理玖に執着《しゅうちゃく》していない振りをするために、見映《みば》えのよい女を連れて登校した。

何事もなかったかのように振る舞わないと負けた気がして、悔《くや》しくて堪《たま》らなかったから。

自分のほうが上で、後悔するのも謝るのもお前だと、無言で理玖に突きつけたかった。

――結局、黙ってられなくて……追いかけて、血が出るほど酷くして……最悪だろ。

約束の時間に遅れた時のように、『ごめん、俺が悪かった』と軽く切りだし、そこから真剣な謝罪《しゃざい》に移れたらいいのに。

人間を餌《えさ》として見下し、両親や蒼真のような混血悪魔すらも自分より下だと、そう思っている自身の心を馨は見出してしまった。

思っていた以上にプライドが高く、拒絶《きょぜつ》されることを容易に受け入れられない。呆《あき》れるほど、最強であることを誇《ほこ》っている自分を――。

――人間の心を持てるように……そういうふうに育ててもらったのに、結局は……女王と何も変わらない。純血種であることを驕《おご》り、そのプライドを人間社会にまで持ち込んで振《ふ》り翳《かざ》して、魔族と無関係な理玖にまで傲慢《ごうまん》な態度を取ってきた。バイト先で店長や客に従って動くのも……俺にとっては王様のお忍びみたいなもんだった。本当は凄《すご》い俺が、軟弱《なんじゃく》な人間に使われて普通のことしちゃってる……って……。

愚《おろ》かな優越感《ゆうえつかん》に浸《ひた》りながら、どれだけ理玖を傷つけてきただろう。

三日休んで四日目にようやく登校した理玖は、講義を受けずに帰ってしまった。

そして酷く犯され、首筋《くびすじ》に咬みつかれて、今頃どんな気持ちでいるのか知りたくて仕方ない。

新しい男ができたにせよ、元彼をミス慶明《けいめい》に奪われて、悔しいと思ってくれただろうか。

乱暴に抱かれて咬みつかれたことに、執着《しゅうちゃく》を感じてくれただろうか。

もう一度取り戻したいと思って欲しい。惜しいことをしたと後悔して欲しい。

やっぱり彼が最高だったと、そう思ってもらえる男になりたい。

——やっといて、何を高望みしてんだよ……そもそも携帯鳴るのを待ってばっかで……和解のチャンスを理玖に作らせて、そこからどうにかしようと思ってた俺は、つくづく小さい。

三頭の豹と共に横になりながら、馨は携帯を取りだす。

三重のロックをかけた先に理玖の卑猥《ひわい》な動画があるが、同じ場所に普通の写真もあった。

今は泣き顔ではなく笑っている顔が見たくて、積み上げられたパンケーキを前に満悦《まんえつ》の表情を浮かべている写真や、学祭でギャルソン服を着て照れ笑いをしている写真を眺《なが》める。

可愛くて、愛しくて……またこんなふうに笑わせたいと思った。

理玖の声を聞きながら、あの小さな体に触れたい。

豹の毛皮よりも、理玖の膝枕《ひざまくら》が恋しかった。

——理玖ちゃん、ごめん……悪かった。俺、ほんとは別れたくないんだ。

馨は画像フォルダを閉じると、電話帳アプリを開く。

一連の動きを体が覚えていて、見るまでもなく理玖の名前の位置に指が伸びた。

理玖が他の男を好きになっても、自分は理玖が好きなのだ。

たとえ己《おのれ》のプライドに反する行為でも、自分の本音を認めて謝りたかった。

冷静になって、意地を張らず、そして逃げずに気持ちを伝えたい。

好きなんだよ、ちゃんと好きなんだ。だからもう一度――。

――理玖ちゃん、俺だけど……さっきは悪かった。今から行くから、話せる？

理玖が電話に出たら言うつもりの言葉を、馨は頭の中で先に言ってみる。

しかし耳に届くのは呼びだし音ばかりだった。

着信拒否の設定はされていないようだが、理玖は応答せず、しばらく鳴ったあとに携帯会社の機械的なメッセージが流れてくる。

――電源……切ってるのか？

とにかく会いにいこうと腹を決めた馨は、温もるベッドから身を起こした。

吸血と添い寝のために呼びだした三頭の雌豹に、「変容して家に帰れ」と命じる。

着替えてホテルを出る頃には気持ちが急《せ》いて、車ではなく自分の翼《つばさ》で飛びたくなった。


都内のホテルから横浜に向かった馨は、約三十分後に理玖のマンションに到着する。

運転しながら隙《すき》を見て何度か電話をかけたが反応はなく、契約したままになっていた駐車場に車を停めてからは、人間の振りをするのを忘れる勢いでエントランスに駆《か》け込んだ。

合鍵《あいかぎ》をまだ持っていたのでロビーインターフォンを使わずに自動ドアを開け、エレベーターを無視して階段を駆け上がる。

――電源切るようなこと、まずしなかったのに。

七階にある理玖の部屋の前まで来た馨は、チャイムを鳴らしながらドアをノックした。

落ち着かない心持ちで数秒待ってみたが、まったく反応がない。

そのため施錠《せじょう》を解《と》こうとすると、何故《なぜ》か鍵が入らなかった。

何かの間違いかと思ってやり直すが、やはり入らない。

――っ、なんで……まさか、鍵……換えたのか？

馨は合鍵を手に立ち尽くし、新品同様のシリンダーを見下ろす。

鍵を換えられたという事実に、緊張《きんちょう》の糸がぷつりと切れてしまった。

ショックのあまり押し黙り、これが何を意味するのかを考える。

理玖はいつ、どういった理由で鍵を換えたのか――合鍵を回収していないことに不安を覚え、過去の男を切るつもりで換えたのか、それとも新しい男の指示だったのか。

いずれにしても明確な拒絶には違いない。

謝ってやり直したい衝動に突き動かされてここまで来てみたものの、理玖は自分との繋《つな》がりを求めていないということだ。何を言ったところで、もう手遅れなのかもしれない。

「……！」

馨が合鍵を手に当惑《とうわく》していると、エレベーターホールから同じフロアの住人が歩いてきた。

理玖の隣《となり》の部屋に住む三十代くらいの独身女性で、何度か見かけたことがある。

同じエレベーターに乗り合わせた時に、「よくお見かけしますけど、お二人は一緒に暮らしていらっしゃるんですか？」と訊《き》かれ、「半分そんな感じです」と答えた記憶があった。

スーパーの買い物袋を手に共有廊下《ろうか》を歩いてきた彼女は、理玖の部屋の前に立つ馨に向かって、頬《ほお》を染めながら会釈《えしゃく》した。さらに「こんにちは」と、控えめな笑顔で言ってくる。

しかし微笑《ほほえ》みは続かない。馨が挨拶《あいさつ》を返せる状態ではないと察したらしい彼女は、今度は謝罪《しゃざい》めいた会釈をして、身を縮《ちぢ》めながらすれ違った。

そうして自分の部屋の前で足を止めると、鍵を取りだしながら躊躇《ためら》いがちに口を開く。

「あの……余計なことかもしれませんが、鷹上《たかがみ》さん……ついさっきマンションの管理会社の人を呼んで、鍵を交換してたみたいですよ」

「――っ、ついさっき？」

「はい、私が買い物に行く時だったので……たぶん一時間は経ってないと思います」

隣家の女性の言葉に、馨は沈んだ気持ちを揺《ゆ》さぶられた。

鍵を換えたのはここ数日のことではなく、凌辱紛《りょうじょくまが》いのことをした直後ということになる。

それが何を意味するのか考えているうちに、女性はぺこぺこと頭を下げながら自室に消えた。

――俺が無理やりなことをしたから……怖くなって換えたか、或《あ》いは、俺とやり直す可能性がないと判断して換えたか……。

ドアの向こうに人の気配を感じながらも、馨は踏み込めずにチャイムを見つめる。

ボタンを押したくても押せなくなってしまい、表面に指を当ててるばかりだった。

先程けたたましく鳴らしたチャイムやノックの音が、頭の中で何度も響《ひび》く。

「……っ⁉」

迷いあぐねていたその時、突如嗅覚《とつじょきゅうかく》が反応した。

ドアポストの投入口から、甚《いた》くそそる匂《にお》いが漏《も》れている。

――これ……血の匂い……人間の血だ……なんで、どういうことだ⁉

最早《もはや》、理玖の気持ちを考えている場合ではなかった。

馨は共有廊下に誰も居ないことを確認すると、シリンダー横のドアの隙間に掌《てのひら》を当てる。力任せに破壊《はかい》せず、一ミリあるかないかの隙間から自らの血液を忍ばせた。

馨は造血と血液制御《せいぎょ》の能力が高く、出血させることも、血で物体を形成することもできる。

硬化させた血液で、内側から鍵を回した。ガチャッと音がして、ドアが開く。

ところが今度はドアガードが邪魔《じゃま》をした。まだ中には入れない。

――シャワーの音……動脈血の匂《にお》い……！

特殊能力を使わずに腕力でドアを開けた馨は、土足のまま部屋に上がり込む。

脱衣所の扉《とびら》を開けてバスルームの前まで来ると、緊急事態であることが一目でわかった。

曇《くも》り加工を施《ほどこ》されたアクリル硝子《ガラス》の向こうに、薄《うっす》らと赤い色が透《す》けて見える。

バスルームのドアの隙間は、内側から貼《は》られた粘着《ねんちゃく》テープで執拗《しつよう》なほど塞《ふさ》がれていた。まるで硫化水素《りゅうかすいそ》自殺でもするかのような念の入れようだ。

「理玖！」

扉を壊した馨の視界に、全裸でバスタブに横たわる理玖の姿が飛び込んでくる。

栓《せん》をしていないバスタブに向かって温《ぬる》いシャワーが絶《た》えず注《そそ》がれ、数センチほど溜まった湯は血に染まっていた。アクリル硝子の向こうから見えた赤い色は、理玖の首の辺りだ。

頸動脈《けいどうみゃく》が鋭利《えいり》な刃物《はもの》で切られている。さほど深くはなかったが、出血量は相当なものだった。

「なんで、なんでこんなこと……っ、理玖！　理玖、しっかりしろ!!」

馨は青ざめた理玖の頬を何度か叩き、声を張り上げて名前を呼ぶ。

粘着テープの状態からして自殺に間違いなかったが、この状況が信じられずに惑乱《わくらん》に陥《おちい》った。

次に何をすべきか判断できないまま、理玖の手首の傷を見る。

頸動脈を切ったのは手首のあとだったらしく、躊躇い傷のない手首は大きく裂《さ》かれ、そこから多量の血が流れていた。

叩いた頬は、温いシャワーを浴びていたにもかかわらず酷く冷たい。「理玖！　理玖！」と何度呼んでも反応はなく、救急車や病院といったイメージがようやく浮かんだ。

馨は理玖の頸動脈を押さえながらポケットを探り、携帯を取りだす。

——脈《みゃく》が……止まる……！

救急車を呼ぼうとした瞬間、馨の脳裏に理玖の死が現実として迫《せま》ってきた。

本能的にタイムリミットがわかる。理玖の命の炎《ほのお》は、あと数分と持たないだろう。

排水口に呑《の》み込まれた血が如何《いか》ほどの量だったか、青白く冷たい肌が物語っていた。

——ダメだ……人間に任せたら死ぬ……っ、間に合わない！

むせ返る血の匂いの中で、馨は瞬時に覚悟を決める。

このまま死なせるわけにはいかない。そんなことはあってはならない。耐《た》えられない。

「理玖っ、俺の血を飲め！　お前をヴァンピールにする！」

馨はバスタブの中から理玖の体を抱き上げ、潤《うるお》いを失った唇《くちびる》を塞ぐ。

いつものように舌を挿入《そうにゅう》し、唾液《だえき》と共に自分の血液を理玖の体内に注《そそ》ぎ込んだ。

体のどこからでも速《すみ》やかに出血させることができる馨は、舌先から多量の血を出して効率よく理玖の胃に送り込む。ただの血液ではなく魔力を含めた血液を、有無を言わせず飲ませた。

――承認は取ってある。あとは、今改めて願ってくれ！　意識の底でも片隅《かたすみ》でもいい……俺と一緒に居たいと願ってくれ！

シャワーの湯を半身に受けながら、馨は理玖の口内を探った。

これまでずっとしてきたキスのように、応《こた》えて欲しくて何度も何度も同じやりかたをする。

今の気持ちを伝えたかった。理玖にとって自分があらゆる行為の初めての相手であるように、自分にとっての初めても理玖だった。キスも最初から上手かったわけではない。一緒にこうして何度も唇を重ねて、舌《した》を絡《から》ませ、経験を積んだから今があるのだ。

――お前だけだ、お前がいいんだよ！　理玖……ごめんな、もっと大事にするから、だから、頼むから……死なないでくれ！

馨は両手で抱いた理玖の体に意識を寄せて、体重の変化を感じるほど血を注ぐ。

魔力を含んだ馨の血液は使命の許《もと》に活動し、理玖の胃から全身の血管へと流れ込んでいった。

ヴァンピールは吸血鬼の眷属《けんぞく》ではあるが、あくまでも人間であり、魔力や特殊能力は使えない。ただし吸血鬼の餌として常に最適であるために、造血能力や治癒《ちゆ》能力には優《すぐ》れていた。理玖がヴァンピールになれば、その血は人並み外れた勢いで作りだされることになる。

「理玖……っ、理玖ちゃん！」

十分に血液と魔力を注いだ馨は、理玖の体を揺さぶって意識を確かめた。

瞼《まぶた》は開かなかったが、しかし頸動脈や手首の傷は短時間のうちに変化して塞がりつつある。切った首とは反対側にあった歯型も消え、乾《かわ》いて皺《しわ》の入っていた唇も、いつものように潤ってふっくらと丸みを帯びた。顔色も少しずつよくなり、眉《まゆ》や睫毛《まつげ》が俄《にわか》に震《ふる》えだす。

「理玖、しっかりしろ……大丈夫だから、助かるから！　生きてくれ！」

馨は声を張り上げて理玖の名前を呼び続け、神ではなく運命に祈る。

自分の命を削《けず》って与えるわけではないが、もしも削るとしても一向に構わないと思った。何がなんでもこの命を救いたい。失うことなど考えられず、理玖が生きて元気な姿で、永遠に自分の傍に居ることだけを願った。

「――っ、う……」

馨の腕の中で、理玖はようやく目を覚ます。長い睫毛が少しだけ持ち上がった。

目は半分程度、唇はごくわずかに開いて、「馨ちゃん……」と呟《つぶや》く。

声になっていなかったが、唇の動きで読み取れた。

焦点《しょうてん》の合わない瞳《ひとみ》は涙《なみだ》に濡《ぬ》れ、瞬《まばた》きと同時に溢《あふ》れた滴《しずく》がこめかみを駆ける。

「理玖……よかった……」

馨は自分の目からも零《こぼ》れそうな涙を留め、理玖の体をぎゅっと抱き寄せた。

戦うための強さではなく、大切な人の命を長らえさせることができる自分の力に感謝する。

そして吸血鬼であることにも感謝した。父親からもらった吸血鬼の血が濃いからこそ、人間をヴァンピールにできるのだ。他の種族だったら理玖を助けられなかった。

「あとで、俺のことを全部、隠してたこと全部話すから、色んなこと謝るから！　とにかく今は受け入れてくれ。俺と一緒に永遠の時を生きて……俺が死ぬまで一緒に居るって誓《ちか》ってくれ！」

馨が叫《さけ》ぶと、理玖は顔を綻《ほころ》ばせる。涙を零し、陶然《とうぜん》としながらも頷《うなず》いた。

傷口は完全に消え、その唇は確かに、「ずっと一緒に居たい……」と、誓いの言葉を口にする。

「ああ、一緒に居よう。俺と同じだけの寿命を生きられるよう、お前を俺のヴァンピールにする。俺が死ぬまで、その姿のまま生きるんだ」

意識が朦朧《もうろう》としている理玖に向かって、馨は改めて宣言する。

確実に承認が得られた今、やるべきことは血の契約だけだった。

健常な体に戻った理玖の血を吸い、牙から毒を流し込まなければならない。

——今はまだ完全じゃない。俺と血を交わし、吸血鬼の毒に侵されることによって理玖の体は完全なヴァンピールになる。不老不死の肉体を得て、永遠の時を生きる。

シャワーを止めた馨は、理玖の体をバスローブとタオルで包んだ。

履《は》いていたブーツをバスルームの入口で脱ぎ、理玖の髪の水分を拭《ぬぐ》いながらベッドに向かう。

まだ正気を取り戻していない理玖は、それでも唇を開いて、「馨ちゃん……」と、切なげに声を振り絞《しぼ》った。

視覚が正常ではないらしく、馨の腕に抱かれていながらも探す素振《そぶ》りを見せる。

馨が「ここに居るよ」と囁《ささや》くと、ほっとした様子で首に手を回して縋《すが》りついてきた。

血色がよくなっても冷えた体に温もりは戻らず、馨は肌を密着させたままベッドの上に理玖を寝かせる。一時も離れずに抱き締めて、瞼や頬にキスをした。

「理玖ちゃん……ごめんな、酷いこと言ったり、やったり、ごめん。俺は理玖ちゃんのこと凄く好きだよ。一緒に過ごした時間に、無駄《むだ》なんて少しもなかった。ベッドに居る時も遊んでる時も、バイトの時も……だらだらテレビ観てる時だって、無駄じゃなかった。理玖ちゃんが一緒なら、俺は楽で……凄く楽しかったんだ。理玖ちゃんが気を使ってくれるから。いつも……っ」

あの居心地のよさは、理玖の努力があってのことだと——頭のどこかでわかってはいたのに、その根底を支える好意に甘えていた。思い上がって感謝を忘れていた自分を今すぐ捨てるから、どうかもう一度チャンスを与えて欲しい。

「……馨ちゃん……好き……」

首に手を回したまま放さない理玖は、確かにそう言った。

これまで当たり前に聞いてきた言葉が泣けるほど嬉《うれ》しくて、馨は恋しい唇を塞ぐ。

まだ冷たいけれど、柔らかく瑞々しい唇を存分に味わった。

もう二度と傷つけたりしない、死にたいなんて思わせない。

世界で一番、誰よりも幸せだと思ってもらえるように、理玖を大切にしたい。

「鷹上理玖《たかがみりく》を俺のヴァンピールに……ここに、永遠に破《やぶ》れることのない血の契約を結ぶ」

理玖の顔を見つめながら、馨は吸血鬼としての自身の力を解放する。

牙を伸ばし、完治した理玖の頸動脈に食いついた。

張り詰めた皮膚《ひふ》を鋭《するど》く裂《さ》いて、自分の血と混ざり合った血液を求める。

脈打つ太い血管から噴《ふ》きだす理玖の血は、全身が総毛立《そうけだ》つほど甘く魅惑的《みわくてき》な味だった。

「——っ、駄目……あ、馨ちゃ……や、やめ……」

管牙《かんが》から毒を注ぎ込むと、理玖の体はびくりと震える。

麻酔《ますい》として作用する毒に侵された理玖は、もう一度「駄目……」と口にしてから気を失った。

馨は理玖の血を吸いながら毒と魔力を注ぎ続け、永遠を実感する。無為《むい》に生きるのではなく、理玖と共に幸福を求めて生きるのだと思うと、曇っていた未来が少しずつ晴れていった。

12

秋だというのに異様に暑くて、理玖は悪夢の中から急いで抜けだそうとする。

窮屈《きゅうくつ》なサウナ室に閉じ込められて、どんなにドアを叩いても出られない夢だった。

現実ではないことを認識しながらも、恐怖《きょうふ》と苦痛に苛《さいな》まれる。物凄く熱いのに、そのくせ汗《あせ》は一滴《いってき》も出ない。喉《のど》がカラカラに渇《かわ》いて粘膜《ねんまく》が張りついた。散々《さんざん》叫んだ挙《あ》げ句《く》に、ドアが開いたと思うや否や、煮《に》え滾《たぎ》る溶鉱炉《ようこうろ》に呑み込まれる。


「——っ、う……う……」


瞼を開けると、見慣れた天井が目に飛び込んできた。

暗くなると自動的に点灯するフットライトが点《つ》いていたが、主照明は消えている。

カーテンは閉まっているものの、外が暗いのがわかった。

無意識に目をやった電波時計は、午後十一時七分を示している。


「……あ……っ」


理玖は自分がベッドに寝ていることと、隣に馨が寝ていることに同時に気づいた。

二人で一枚の布団を被《かぶ》っていたが、肌の感触で共に裸《はだか》だとわかる。

馨は下着だけ穿《は》いていて、腕枕をしてくれていた。セックスの前は理玖が膝枕《ひざまくら》をして、事後は馨の腕枕で眠るのが、なんとなくお約束になっている。しかし今夜は決定的に何かが違った。

これまで数え切れないほど同じ状況を味わってきたのに、おかしなことばかりだ。

——体が熱い……物凄く、熱い……。

理玖は直前の夢を思いだしながら、現実とリンクしていることに気づく。

酷く熱っぽいのに汗が出ない。そして喉がカラカラだった。

おかしいのは自分だけではなく、馨も普段と違う。

彼は夜中にいきなりやって来て、「疲《つか》れた。すげぇ頭痛い」などと言って理玖の膝で眠ることがあるが、今の顔つきはその時の比ではなかった。

多少のことでは起きそうにないほど熟睡《じゅくすい》しており、眉間《みけん》には皺を寄せ、目の下には隈《くま》を作っている。そして何より、体から立ち上るオーラの色が薄く、勢いがなかった。

彼が疲れたという時はオーラにも変化が出るものだが、ここまで弱まっているのは見たことがない。魔族の彼が疲れるとしたら、魔力を使い過ぎたということだろうか――。

「……ん、ぅ……」

喉が渇いて耐えられなくなった理玖は、起きそうにない馨をベッドに残して畳《たたみ》の上を這《は》う。

ベッドから離れたキッチンに向かおうとしたが、あまりにも体が怠《だる》かったので、キッチンより近い脱衣所に行くことにした。

畳の上では四《よ》つん這《ば》いでずるずると這い歩き、端《はし》まで行って床に切り替わった所で立ち上がる。

風邪の時とは違って、頭痛や関節痛の症状はなかった。

咳《せき》が出るわけでもなく、眩暈《めまい》と異常な熱っぽさ、そして倦怠感《けんたいかん》が際立《きわだ》っている。

ワンルームの中を壁《かべ》伝いに歩くと、脱衣所の扉に行き着いた。

いつもきちんと閉じるようにしているが、今は開けっ放しになっている。

洗面台に近づいて照明のスイッチを押した理玖は、次の瞬間その場に立ち尽くした。

血のついたバスマットの上に馨のブーツが転がっていて、バスルームの扉が開いている。

中途半端《ちゅうとはんぱ》に開いた扉の内側には、大量の粘着テープが貼りつけられていた。

洗面台から届く光がバスルームに射し込み、壁や床に残る血痕《けっこん》を照らしだす。

「──う、あ……っ、痛ぅ」

突然、手首の痛みが蘇《よみがえ》った。ところが傷一つなく、痛いと思ったのも気のせいだ。

しかし確かに痛みに苦しんだ記憶があり、同時に自分がしたことを思いだした。

死ぬしかないと思って、自殺の準備をしたのだ。

馨が再びこの部屋を訪れるとは思わなかったが、万が一のことを考えて鍵を換え、血の匂いが外に漏れないよう粘着テープを隈《くま》なく貼った。

念には念を入れ、第一発見者が馨にならないよう、午前零時になったら大叔父《おおおじ》に死亡を告げるメールが送信されるよう設定しておいた。準備は完璧なはずだったが、手首を切ってもなかなか死に切れず、痛みに耐えかねて頸動脈を切ったところまでは憶《おぼ》えている。

死ぬのが怖くて嫌だと思った瞬間も、切ったことを後悔した瞬間もあったが、最終的には死を待ち侘《わ》びてしまった。想像を絶する痛みと苦しみ、そして生きていてもどうにもならない自分の血から逃れたくて、早く死ぬことを望んだのだ。

──馨ちゃんの身を危険に晒《さら》す毒《どく》を……早く、全部……一滴残らず捨ててしまいたかった……この血を受け継ぐ子供を勝手に作られたりしないように、命ごと、全部……。

それなのに何故自分は生きているのか。傷一つなく、体が妙《みょう》に熱いのはどういうことなのか。

思いだそうとしてもまったく思いだせなかった。

馨がいつこの部屋に戻ってきて、何故あんなにも疲れた様子で眠っているのか——どこまでが夢で、どこからが現実なのかもわからない。

そもそも今この時が現実だという確証はないのだ。

——これも……夢？

理玖は洗面台の鏡《かがみ》に視線を向け、足を進めて少しずつ近づいていく。

生きているのか死んでいるのか、どういう状態にあるのか、真実を知りたかった。

馨に咬まれて歯型をつけられたことを同じ鏡で確認したはずだが、もしや、あれも夢だったのだろうか。

真実を恐れ、躊躇いながらも鏡を見た理玖は、そこに映っている顔を前に目を瞠《みは》る。

思わず身を乗りだし、鏡面に触れずにはいられなかった。

——っ、何……これ、僕……？

長方形の鏡の中には、驚くほど血色のよい自分の顔が映っていた。

こんなにも体が熱く怠いのに、かつて見たこともないほど生き生きと輝いて見える。

濡れ光る黒い瞳と、瑞々《みずみず》しく透明感《とうめいかん》のある肌。薔薇色《ばらいろ》の頬……薄紅色《うすべにいろ》の水飴《みずあめ》でも塗《ぬ》ったような唇は、ふっくらとして立体感が増している。髪の艶《つや》も増し、天使の輪がかかって見えた。

睫毛は以前より長く黒くなって、メイクでもしたかのように目元が華やいでいる。

対照的に白目や歯は人間離れして白くなり、きらきらと輝かんばかりだった。

自分のことながら、容色《ようしょく》が以前よりもよくなっているのは明らかだ。

「……あ……っ……」

全裸のまま鏡を覗《のぞ》き込んでいた理玖は、顔を見たあとで首筋の異常に気づく。

刃物でつけた傷も、普通の歯型も牙の痕《あと》もなかったが、鬱血《うっけつ》の痕がくっきりと残っていた。

吸血鬼の牙の痕はなくても、どこにそれがあったのかはわかる。

二ヶ所、確かに血を抜かれた形跡《けいせき》が残っているのだ。触れてみてもつるりと滑《なめ》らかだったが、皮膚の下に残る血が、吸血されたことを物語っている。

──血を……吸われた？　まさか……馨ちゃんの体に、僕の血が？

鏡面に触れていた手が鉛《なまり》のように重くなり、全身が震えだす。吐《は》く息まで熱いのに、背中には悪寒《おかん》が走った。それと同時に、手首を切ったあとの記憶が少しずつ蘇ってくる。

バスルームで馨に抱き締められてキスをされ、永遠の時を共に生きる誓いを交わした。

ただのキスではなく、馨の血を飲まされたのだ。喉の粘膜は干上《ひあ》がったように渇いていたが、血の味は覚えている。今も、唾《つば》を飲むと鉄を舐《な》めたような味がした。

──馨ちゃんと、血を交わして……ヴァンピールに、なったんだ。

夢で見ただけかもしれないと疑う反面、傷一つなく生き生きとしている自分の姿や、逆に疲労《ひろう》困憊《こんぱい》している馨の姿に現実を思い知らされる。

しかしあれは本当に疲労なのだろうか。魔力を使い過ぎて疲れているのではなく、有毒な血を摂取《せっしゅ》したためにぐったりしているのだとしたら──そう考えた途端《とたん》、理玖は脱衣所を飛びだしていた。ふらつきながらも急いで馨の居るベッドに戻り、眠っている彼の傍《そば》に行く。

自分の体調など気にしている場合ではなかった。とにかく早く馨の身体変化を確認したくて、恐《おそ》る恐《おそ》る上掛けを捲《めく》る。

──ヴェレーノ・ミエーレに侵《おか》された悪魔の肌には、黒い星型の斑点《はんてん》が出るはず……黒星病《こくせいびょう》と呼ばれる症状《しょうじょう》……魔族の血が濃ければ濃いほど、ウイルスは活性化する……！

理玖は馨を起こさないよう慎重《しんちょう》に動きながらも、激しく動揺していた。

黒子《ほくろ》一つないはずの馨の肌に斑点が出ていないか、薄明りの中で確認する。

疲れて寝入っているとはいえ、ここまですれば目覚めてしまいそうなものなのに、馨は一向に目を覚まさなかった。

少し呻《うめ》いて寝返りを打ち、「理玖ちゃん……」と寝言で名前を呼ぶ。

そうされることにときめく余裕すらない理玖は、馨の背中や腰、手足を入念に調べた。

しかし星型の斑点はどこにもない。両腕のタトゥーも検《あらた》めたが、特におかしな箇所はなかった。

隆々《りゅうりゅう》とした筋肉も滑らかな肌も、すべていつも通りだ。

顔やオーラには疲れがはっきりと出ているものの、理玖の印象としては疲労以上のものは感じられなかった。

──大丈夫……みたいだ……今が午後十一時なら、馨ちゃんが僕の血を吸ってから……たぶん十時間くらい経ってるはず。それでも症状が出ないなら……吸った量が少なくて、純血種《じゅんけつしゅ》の血に僕のウイルスが負けたのかもしれない。

吸われた血の量は害にならない程度だったと考えると、全身から力が抜けた。

理玖は馨の体に布団をかけ直し、畳《たたみ》に座り込んで彼の寝顔を見守る。

退魔《たいま》ウイルスは魔族の血が濃いほど活性化するため、過去の資料や血液実験でも、使役悪魔《しえきあくま》の血液に対する反応は緩《ゆる》やかなものだった。

しかし貴族悪魔《きぞくあくま》の血に混入すると、急激に活性化して瞬《また》く間に細胞《さいぼう》を破壊《はかい》する。死滅《しめつ》した細胞は星形の黒い斑点となって、内臓《ないぞう》や表皮《ひょうひ》に現れるのだ。

蜂角鷹教団《はちくまきょうだん》は、その名を持っていなかった千年以上前から日本の国土を守るべく、魔族を見つけると退魔のための人身御供《ひとみごくう》を出していた。

そうして供物《くもつ》として捧《ささ》げられたキャリアを、魔族は知らずに食らって毒に侵される。全身を黒く蝕《むしば》まれ、次々と死んでいったという話だった。

ホーネット教会がウイルスの存在に気づいて調査に乗りだしたと見るや否や、殲滅《せんめつ》を避《さ》けるために姿を隠した一族だったが、昭和に入って少年の姿をした貴族悪魔――ダークエルフと出会い、教会に不満を持っていた彼の協力を得ることで一気に活気づいた。

そして新興宗教《しんこうしゅうきょう》として体制を整え、資金を集めてホーネット教会解体に向けて下準備を進めていた頃、軽井沢で暮らす純血種の少年――雛木馨《ひなきかおる》を見つけたのだ。

――法則からして、純血種には極《きわ》めて大きな効果が出るはずだと言われてきたけど……それは憶測《おくそく》に過ぎなかった。純血種を倒したこともなければ、実験したこともなかったから。

馨に有毒な血を吸わせたくない――その想いで命を賭《と》したにもかかわらず吸血されてしまったことは甚《はなは》だショックだったが、運命の女神は馨に微笑んだ。退魔ウイルスは魔力が強いほど活性化する反面、強過ぎる魔力には敗北したのだ。

――馨ちゃん……よかった……無事で、本当に……。

熱く怠い体をベッドの隅《すみ》に投げだした理玖は、声を殺して泣く。

九年間の不安や葛藤《かっとう》が突然解消されて、喜ぶ前に泣けて泣けて仕方がなかった。

神様でも星の巡《めぐ》りでも、なんでもいい。この結果を齎《もたら》してくれたすべてのものに感謝したい。彼を守ってくれてありがとう。本当にありがとう。与えられた命を投げだすような真似をした自分に、生きていたいと思う資格などないけれど……それでも今は、馨と生きたい。

これ以上吸血されないよう、告白しなければならないこともあるだろう。

ヴァンピールにしてもらっておきながら、餌になれない自分を彼は許してくれるだろうか。

蜂角鷹教団の存在を語ることなく、彼の傍に居続ける術《すべ》は果たしてあるのか——親を吸血鬼《きゅうけつき》に殺されたことも、大叔父に引き取られたことも、現在の母親は偽者《にせもの》であることも話さずに、ただキャリアであることを告げるには、いったいどうしたらいいのか——。

「……っ……」

顔を伏《ふ》せて泣きながら考えを巡らせていた理玖は、すぐ目の前にある馨の首筋に目を留める。

何もない綺麗《きれい》な肌を見ながら、不意に両親の首筋の傷を思いだした。

普段は記憶の底に沈《しず》めているが、その気になれば昨日のことのように鮮明《せんめい》に思いだせる。

——お父さんと、お母さんの首には……傷があった。でも、まるで鬱血《うっけつ》してなかった。

理玖は馨の首筋を見ながら、自分の首筋に触れる。

鏡を見ない限りは何も感じられない、吸血の痕を探った。

手で触れたところで、どこを咬まれたのかまったくわからない。

傷が完治しているのはヴァンピールになったせいかもしれないが、しかし吸血から十時間近く経っていると思われる自分でさえ、鬱血は消えていないのだ。

——血を吸われたのに周辺の肌に変化がなく、血と……牙の痕がついていただけだった。

唇で肌を吸うだけでも数日残る痕をつけることができるのに、死ぬほど血液を吸い上げられた傷口が綺麗なわけがない。

そう考えると、これまで疑わなかった両親の死因に疑問が出てくる。

吸血鬼に襲われて血を吸い上げられたのではなく、別の方法で殺されたあとに、牙か、それに類似した凶器《きょうき》で傷をつけられただけなのでは……それなら傷の周辺に生体反応がほとんど起きていなかったのも納得がいく。他に目立った外傷はなかったが、実際にはどうだったのか理玖には知る術がないのだ。

──警察《けいさつ》を呼ばず、検死もせずに……教団本部に連れていかれてすぐに荼毘《だび》に付された。もし他の方法で……吸血鬼ではなく人間に殺されていたとしても、証拠《しょうこ》は何もない。

父親は失踪《しっそう》したことになっていて、法的に死亡と見做《みな》され失踪宣告を受けている。

母親は代理女性と入れ替わっているため、今でも生きていることになっていた。

当時は、魔族に接触しても怪《あや》しまれないために……と説明されて受け入れていたが、今にして思えば、すべて教団にとって都合よく片づけられていたのかもしれない。

──大叔父様や……蜂角鷹教団は……守るべき価値のある人達なのか、僕の両親は何故《なぜ》あんな死にかたをしなきゃいけなかったのか、それをまず……調べないと。

理玖は熱で火照《ほて》った体を奮《ふる》い立たせ、衣服と携帯を手に取った。

午前零時に送信予約をしていたメールのキャンセル処理をすると、鎌倉《かまくら》に向かうことを決める。

もしも大叔父や蜂角鷹教団が両親を殺したのだとしたら、その時は、すべてを馨に話すつもりだった。たとえそれにより多くの血が流れようと、黙ってなどいられない──。

13

翌午前六時、馨は狐《きつね》につままれたような気分で自宅に戻った。

約十六時間も寝込んでいた自分が悪いとは思いつつも、メモ一枚を残して消えた理玖に、少しばかりの不満を抱いている。何しろ言いたいことや訊きたいことが山ほどあったのだ。

先日の修羅場《しゅらば》の際に酷い発言をしたことを謝りたかったし、あの時に会った男のことを改めて聞きたかった。そして狂言《きょうげん》とは思えない本気の自殺の理由が知りたい。もちろん乱暴《らんぼう》したことも真剣に謝罪しなければならないし、魔族のことやヴァンピールについても説明する必要がある。

目が覚めたら理玖が傍に居て、すぐにそういった話ができるものだとばかり思っていた馨は、理玖の部屋で独り目覚めて呆然《ぼうぜん》とした。置かれていたメモには、『急用で親戚宅に行きます』と、らしくないほど粗《あら》い字で書かれていたのだ。電話しても応答せず、メールにも返事がなかった。

「馨っ、おかえり！」

横浜の高台にある屋敷に着いた馨は、両親が居ることを承知のうえで車から降りる。

すると薔薇園に居た紲が駆け寄ってきた。朝摘《あさづ》みの薔薇を入れた籠《かご》を手にしながら、ぐわりと腕を摑《つか》んでくる。

「紲……何、捕まえてんの？」

「捕まえたくもなるっ！　ここ数日まったく顔を見せないし、何かあったのかと心配してたんだからな。あのルイが蒼真に相談するくらいで……っ、これから蒼真が来るし！」

「ああ、ごめんごめん。お年頃なんで色々あるのよ」

たかが数日なのに随分《ずいぶん》長く紲の顔を見ていなかった気がして、馨はふざけつつも紲の体を引き寄せる。近頃可愛いと思うようになった母親に軽いハグをしてから、「ただいま」と囁《ささや》いた。

「――おかえり……やっと帰ってきたのはいいけど、平気なのか？」

「うん、全然平気。蒼真に連絡して、来なくていいって言っといて」

「……え、でも……もう、こっちに向かってると思う」

困惑《こんわく》した様子の紲は、怪訝《けげん》な顔をしながら手や首を探ってくる。

視線を足元に向けたかと思えばぺたぺたと肌に触れてきて、心配そうな顔で首を傾《かし》げた。

「靴から人間の血の匂いがする……。あと、なんだか体が熱くないか？　熱っぽいみたいだ」

「――そう？」

「うん、熱い」

馨は冷たいはずのない紲の体温を冷たく感じ、自分の体が熱いことを自覚する。

人間をヴァンピール化させたのは初めてだったので、予想を超える魔力消費による疲労と眠気、そして頭痛にばかり気が行っていたが、確かに体が熱くなっていた。

運転中もぼうっとして、信号が青になってもクラクションを鳴らされるまで気づかなかったり、曲がる所を一本間違えたり、自分らしくなかったことを思いだす。

疲れているせいだと思ったが、なんだかおかしかった。

人間が風邪などで発熱すると、こういう感じになるのだろうか。

「熱っぽいのは魔力を大量消費したせいだと思う。ヴァンピールを作ったから」

「――っ、え……ヴァ、ヴァンピール？」

「思ったよりかなり疲れて大変だった。作りかたは本で読んでたし父さんからも聞いてたけど、その父さんだってヴァンピールを作ったことはないんだもんな。紲が半貴族化したせいでヴァンピールにできなかったわけだし」

「そう、だけど……え、ほんとに？　ほんとにもうやったのか？　親に紹介もせずに⁉」

「いいじゃん、会ったことあるし。小四の時に転校してきた鷹上理玖……あの可愛い子だよ」

玄関に向かう馨にぴったりとついて来た紲は、さらに「えっ、えーっ」と声を上げた。

「今でも付き合いがあるなんて全然知らなかった！」

「なんでも親に話す年じゃないだろ？　ほんとはずっと付き合ってた」

「そ、そうなんだ⁉　それはよかった……あ、ルイは日の出前に眠ったんだけど、そういうことならすぐに起こさないと。どのみち蒼真が着いたら起こすことになってたし。肝心《かんじん》の鷹上くんは今どこに？　いつ会える感じ？　ルイが馨の相手はどんな子かって凄く気にしてて……っ」

「起こさなくていい。たぶん明日くらいには紹介できると思うし、ちょっと寝たいから。人間をヴァンピール化させるのがこんなにしんどいとは思わなかった……かなり寝たのに寝足りない」

「吸血鬼が……一生に一度やるかやらないかってくらいのことだから……か？」

「そうかも。当然と言えば当然なんだろうけど、千里眼使いまくるよりキツイ」

ふう……と息をついた馨は、自分の吐く息の熱っぽさに顔を顰《しか》めた。

口では理由をつけてみたが、それにしても体がおかしい。

魔力の使い過ぎであれば、血か獣肉を欲するはずだ。それなのに空腹感はほとんどなく、喉が異様に渇いている。血液よりも冷たい水が欲しかった。

──熱って、何かと戦ってる時に出るんだっけ？　病原菌《びょうげんきん》の増殖《ぞうしょく》を抑制《よくせい》して、白血球《はっけっきゅう》の機能を促進《そくしん》するためとかなんとか、習ったような……。

馨は人間ではない自分の体に起きている症状に戸惑い、どう対処すべきかわからなくなる。そもそも純血種は唯一無二《ゆいいつむに》の存在で謎《なぞ》が多く、そのうえ馨は吸血鬼でありながらも豹と淫魔《いんま》の血を引いている。

そのため吸血鬼が苦手な日光や獣肉を好み、ルイのような冷血（変温）動物でもなかった。一般的な知識や前例に頼れない馨が信じるべきものは、自分の直感に他ならない。

「とりあえずシャワー浴びて寝るから、昼飯できたら携帯鳴らして」

色々と詳しい話を聞きたがる紲をどうにか躱《かわ》した馨は、玄関でブーツを脱《ぬ》ぐ。紲は頬を膨《ふく》らませながらも諦《あきら》め、屋敷中に飾《かざ》る薔薇を摘むために薔薇園に戻った。

この屋敷に咲く薔薇は馨が孵化《ふか》した際の卵殻《らんかく》や羊膜《ようまく》を栄養源として、一年中美しい花をつけている。冷たい秋風にも病気や害虫にも負けない、奇跡《きせき》の薔薇を作りだしたのは紲だ。

──なんか、変だ。喉がカラカラだし……薔薇の匂いがやけに薄い気がする。

馨は屋敷の至る所に飾られた薔薇の香りを嗅ぎながら、二階にある自室に足を踏み入れた。完全結界を張ってあるので、この部屋には紲もルイも入れない。薔薇を飾られることもなく、自分の匂いだけが籠《こも》っているはずだった。清涼感《せいりょうかん》のある白薔薇を彷彿《ほうふつ》とさせる香りだ。

──やっぱり、あんまり匂いを感じない。とりあえず水飲んでシャワー浴びて、それからどうすりゃいい？　俺の体のことは俺にしかわからない。したいと思うことをするのが最善のはず。

そう思うものの、自室で独りになった途端に気が抜けた。

部屋に入るなり倦怠感が増して、床に敷いた畳やベッドに吸い込まれそうになる。

意思の力でどうにかバスルームに向かった馨は、硝子張りの扉を開けて服を脱いだ。

ホテルのスイートルームに近い構造になっている部屋は、壁で完全に仕切られてはいない三間続きになっていて、脱衣所だけでも六畳はある。スクリーンのように大きな鏡を見ながら全裸になると、ふと胸の中央に視線が留まった。

──なんだ、これ……。

最初は衣服の繊維《せんい》かと思ったが、触ってみても取れない黒い異物が胸にある。

小さな斑点が五つ、中央よりやや心臓寄りの所に固まっていた。鏡に頼らず直接見てみると、単なる点ではなく星型なのがわかる。凹凸《おうとつ》があるわけではなく、手触《てざわ》りの変化もないが、まるで黒子《ほくろ》のようだった。本来は自分の体にないはずのものが、確かに存在している。

──星型の斑点……なんで……俺の体に、こんな……。

これは何かの間違いで、汚れが付着しただけだと思いたかった。

馨は洗面台でタオルを濡《ぬ》らし、ごしごしと斑点を拭ってみる。

「……っ、う……」

タオルで擦《こす》った肌を見た瞬間、思わず目を疑った。

強く摩擦《まさつ》したことで、五つだった斑点が倍の数に増えたのだ。新しく増えた物は星形とは言えないほど小さな点に過ぎなかったが、初めに視認した五つは擦る前より大きくなった気がする。

──星型の斑点……これって、まさか……黒星病……？

馨は焦燥《しょうそう》のあまり洗面台の前を歩き回り、前髪を掴むように掻《か》き上げた。

『お前の体にとって悪い菌を持ってるかもしれないから、素性《すじょう》のわからない人間の血を吸うな』

子供の頃、そう教えてくれたのは蒼真だった。その後、父親のルイから黒星病の話を聞いた。

日本では数百年もの間、一例も確認されていないと言われた時は、それなら気にする必要ないじゃないか――と思ったものだが、魔族の血に反応して死を齎すウイルスの有無とは無関係に、馨は見ず知らずの人間の血を吸う気にはなれなかった。

肌に触れるだけでも嫌なのに、ましてや唇を押しつけるなど、清潔《せいけつ》にしているのが明らかで、余程気に入った相手でなければやりたくない。元より、純然《じゅんぜん》たる吸血鬼とは違って獣肉で栄養を摂《と》ることができるため、人間の血液に対する馨の欲求はそれほど強くはなかった。紲の作った肉中心の美味な料理を食べ、人間化した眷属の血を時々吸っていればそれで十分だったのだ。

――ヴァンピールを作ったことによる疲労とか、そんなんじゃないよな、これ……。つまり、感染《かんせん》したのか？　理玖が……ウイルスのキャリア？

理玖の血を一度も吸わずに九年間過ごしてきた馨は、昨日の午後に口にした血の味を思いだす。完全な人間の血は美味だったが、しかしその味に酔《よ》っている余裕はなかった。あの時は必死で、もちろんウイルスのことなど頭にもなかったし、とにかく理玖を助けたかったのだ。

――理玖がキャリアだとしたら……どうなるんだ？　理玖は確かにヴァンピールになったんだ。それはつまり、魔族の血を吸収したってことで……じゃあ、ウイルスは？　理玖の体内に流れた俺の血は、今頃……ウイルスの攻撃を受けてるのか？

馨はバスローブを羽織《はお》ると、脱衣所を飛びだして居室に戻る。

まずは携帯で理玖に電話をかけ、やはり応答がないので一旦《いったん》諦めて本棚に向かった。

ホーネット教会が発行している書物を取りだし、ウイルスについて書かれたページを捲る。

万が一人間の目に触れた場合に備えて、創作物という体裁を取って刊行されているそれには、ヴァンピールを作る方法やヴェレーノ・ミエーレと呼ばれるウイルスに関する情報が記載されていた。王として知っておかなければならないことも多く、ルイから熟読するよう言われて、質疑《しつぎ》応答《おうとう》のテストまでされたので大方は頭に入っている。

——black《ブラック》 spot《スポット》……日本語では黒星病……ウイルス保持者の血液にのみ存在し、捕食によって魔族に感染する。発症し、死に至るまでの時間は魔力が強い個体ほど速く、感染した貴族悪魔は数十分から十時間程度で死亡する。人間化を続けることで症状の進行を遅らせることが可能だが、根治的な治療法は不明……。発症すると高熱を伴《ともな》う倦怠感や喉の渇きに見舞われ、皮膚に黒色の斑点が現れる。斑点は点状のものや星型のものが確認されており……多くの個体は、全身が黒く覆《おお》い尽《つ》くされる前に、死に至る。

必要な部分を指でなぞりながら読んだ馨は、膝の力を失って床の上に座り込んだ。

魔力が強いほど発症時間が速いということは、自分にとって最悪のウイルスということになる。

そのうえ、『人間化を続けることで症状の進行を遅らせることが可能』と記載されていたことに、絶望を禁じ得なかった。

魔族としては純血種でありながらも、種族的には雑種の馨は、吸血鬼と淫魔と豹族獣人の血を持っているが、ルイと紲と蒼真から人間の血は一切受け継いでいない。

純血種として生まれるに当たり、魔族の血のみを受け継いで誕生したのだ。混血悪魔のように人間化することは不可能で、馨の普段の姿は、牙を縮めた吸血鬼でしかなかった。

――この俺が……唯一永遠の命を持っている俺が、死ぬ？　胸の斑点がどんどん増えていって、最後は全身が真っ黒になって……死ぬってことか？

バスローブ姿で座り込んでいた馨は、本を閉じるなり自分の爪先《つまさき》に目を留める。

ブーツによって圧迫されていた辺りに、黒い斑点が現れていた。皮膚の問題だけでは済まず、足の指が痺《しび》れて動かしにくい。悪夢でもなければ冗談でもなく、本当に黒星病に罹《かか》ったのだ。

こうしている間にも病は進行し、体内でも表皮でも、黒い面積が少しずつ増えていく。

――俺が死んだら、理玖も死ぬ。それに紲と父さんの延命が……あと百三十年くらいしか生きられずに、二人は死ぬことになる。それ以前に俺がいないと女王の眷属を押さえ切れない。奴らは必ず反旗《はんき》を翻《ひるがえ》して……魔族戦争が起きる。そうなったら数で劣《おと》ってる以上、負ける確率が高い。もし負けたら……父さんも紲も蒼真も、おそらくノアも……拷問《ごうもん》の末に殺される……！

馨は無心で立ち上がり、ますます熱くなっていく体を窓に寄せた。

海に臨《のぞ》む桜並木に寄り添う薔薇園に、紲の姿が見える。

紲は長い苦難の末に愛した男と結ばれて、香水作りと家事に精を出す日々を送っていた。

この夏、何かと心配していた親友の蒼真に恋人ができて――一人息子も無事にヴァンピールを迎《むか》えたとあれば、憂《うれ》いのない幸福の絶頂にいられるだろう。紅薔薇を摘んで籠に入れている姿は、我が親ながら可愛らしく、幸せそうに見えた。

――魔族戦争に負けて淫魔が捕らえられたりしたら、どんな目に遭《あ》わされるか想像がつく……。奴らの怨《うら》みを一身に買ってる父さんは屈辱的《くつじょくてき》な拷問を加えられるだろうし、蒼真もノアも同じだ。皆、最悪なことになる……。

絶対に、絶対に死ぬわけにはいかない——そう心に決めたところでなす術もない馨は、決して捨て置くことのできない理玖の身を案じる。死んではならないのは、自分だけではなく理玖もだ。

親戚宅に行ったという理玖の体には、今頃異変が起きているかもしれない。一度は魔族の血を受け入れてヴァンピールになったが、自身の持っていたウイルスに攻撃されている可能性がある。

——理玖……！

体中が黒い斑点で覆われる理玖の姿を想像すると、居ても立ってもいられなかった。

馨は再び携帯を引っ掴み、電話をかけようとする。もし繋がらなかったらすぐにメールを打ち、理玖の返事を待たずに出かけるつもりだった。理玖のマンションに戻って、普段は見ない抽斗《ひきだし》を探るなりして、親や親戚の連絡先を調べたい。とにかく理玖が無事であることを確認しないと、その先に進めなかった。

「——っ！」

馨が電話をかけようとした途端、携帯が音もなく振動する。理玖からのメール着信だった。

件名は『お願い』となっていて、本文には、『旅行先で急に熱を出して、倒れてしまいました。近くにあった神社でお世話になってるので、迎えにきてください』と書いてある。

その下に添えられた地図を見ると、理玖の所在地が鎌倉だとわかった。

携帯に搭載《とうさい》されたカーナビに目的地を設定した馨は、画面に表示された『鷹神神社《たかがみじんじゃ》』という名を見て眉を寄せる。親戚宅に行くとメモを書いた理玖が、メールでは『旅行先』という書きかたをしていることと、理玖の苗字の『鷹上』と同じ読みと思われる神社の名前が気になった。

馨は理玖に電話をかけるが、相変わらず繋がらない。

仕方なく、『三十分以内に行く』とメールを打って、クローゼットから服を引っ張りだした。

着替えて部屋を飛びだし、転がるような勢いで階段を下りると、紲と鉢合《はちあ》わせになる。

これから屋敷中に薔薇を飾って回るであろう紲は、馨の姿を見るなり表情を曇らせた。

「お昼食べるって言ってたのに出かけるのか？　蒼真も来るし、ご馳走《ちそう》の予定なのに」

「あ、うん……ごめん。ちょっと急用で」

一階の廊下で紲を前にした馨は、先を急ぐ気持ちとは裏腹にもう一度紲を抱き寄せたくなる。

男の身で不本意ながらも自分を生んでくれて、今は無償《むしょう》の愛を注いでくれる大切な人の顔を、再び見ることができるだろうか。紲に何も打ち明けず、ルイにも相談しないまま独断で行動することが、正しい行いでないことは重々わかっていた。

「正午までに……必ず連絡入れるから、もし俺から連絡がなかったら父さんを起こして、すぐに鎌倉の鷹神神社って所に迎えにきてくれ」

「……え？　神社？　なんでそんな所に？　何か問題が起きたのか？」

馨は紲を前にすることで、死んではならない身であることを痛感し、自分の生命力を信じる。

これが今生《こんじょう》の別れなどということは絶対にあり得ないと信じて、あえて紲の体に触れなかった。

ところが、「じゃあ行くから」と行って歩きだした途端に袖《そで》を摑まれる。

紲の手の位置はすぐに下がり、振り向いた時には手を直接握《にぎ》られていた。

「馨……肌が、凄く熱いんだけど……こんなの、おかしくないか？」

「大丈夫、俺は最強だから。強いことしか取《と》り柄《え》がないくらい強いんだし」

「――っ、何言って……何か、問題があったんだな？　ちゃんと説明してくれ！」

大丈夫だから――もう一度そう言おうとした馨は、紲の視線が自分の目の下の一点に集中していることに気づく。何を見ているのか考えているうちに、紲の唇が開いた。

「馨、顔に何かしたのか？　さっきまでなかったのに、泣き黒子みたいなのが」

「……あ、ああ、たぶん……インクだと思う」

馨は紲の手を振り切って、バイク用のシューズを履《は》く。体調が悪いと言っている理玖を迎えにいくなら車が適しているが、とにかく早く会いたくてバイクで行くことに決めていた。

背後から紲が「待ってくれっ！　今ルイを起こしてくるから！」と不安げに声をかけてきたが、構わずに屋敷を出る。

まったく怖くないと言えば嘘《うそ》になるが、自分が死ぬこと自体はそれほど怖くはなかった。信じられる身内が誰もいない世界で、独り残されることのほうが遥《はる》かに怖いと思ってきた。

愛する人達に囲まれて先立つことを許されるなら、それが一番だと思う気持ちすらあるのだ。

バイクに跨《また》り敷地を出た馨は、向かい風に絶望や不安を散らす。

紲に向かって放った言葉は、今の自分自身を支えるための言葉でもあった。

強さしか取り柄がないなら、その強さだけは揺るぎなく信じたい。過去の事例を覆《くつがえ》すほどに、自分は強い。最強であり、特別な存在だ。理玖もまた、普通の吸血鬼のヴァンピールではない。

魔王に選ばれた究極のヴァンピールだ。理玖の延命を心から願い、愛情を籠めて注いだ血が、理玖を死に至らしめるわけがない。たとえウイルスのキャリアであっても、理玖は死なない。

自分の力を信じて歯を食い縛《しば》った馨は、法定速度を無視してバイクを加速させる。

シフトアップを繰り返し、飛行さながらのスピードで鎌倉を目指した。

14

途中何度か携帯で目的地へのルートを確認した馨は、その度に届いている両親からのメールを開かず、鷹神神社に向かう。鎌倉には一度しか来たことがなかったが、比較的最近来たので迷《まよ》うこともなく、宣言通り三十分以内に到着した。

山に囲まれた奥ゆかしい屋敷が建ち並ぶ住宅街を通り過ぎ、砂利道《じゃりみち》を延々と上った所に神社はあった。

門に名称などは書かれておらず、明確な目的がなければ誰も立ち寄らないような場所だ。鳥居の近くには滾々《こんこん》と湧水が流れる小川があり、果てには小さな滝が見える。

敷地を囲む森林の色は濃厚で、黄色や赤に色づいた葉も多かった。

とても静かで美しい場所だ。ふと、長野県の山々を思いだす。

人工的に整えられた軽井沢ではなく、人の手が入っていない山の空気がここにはあった。

黒豹に変容して蒼真と共に駆け抜けた山に、いつかまた行くことはできるだろうか……黒点が現れている自分の手を見つめながら、馨は静かに息を詰める。

聳《そび》える鳥居の間を抜けると、作務衣《さむえ》姿の中年女性が建物のほうから歩いてきた。

距離があるうちから不自然にびくついて一歩止まり、それから意を決したように近づいてくる。

白い玉石が敷かれた敷地は広く、石畳の先には本殿《ほんでん》に続く階段が見えた。その先は、枯山水《かれさんすい》の上に浮いているような渡り廊下だ。なかなか風情《ふぜい》があって手入れも行き届いている。

「あ、あの……鷹上理玖さんの……ご友人の雛木さんですか？」

「はい、雛木馨です。理玖がお世話になったそうで、すみません。今はどんな状態ですか？」

「あ、ええと……高い熱を出して……暑い暑いと仰《おっしゃ》るので、涼《すず》しい部屋で休んでもらっています。この季節だと、涼しいというより寒いという感じなんですが、そのほうがいいとのことで」

理玖の熱が並の熱ではないことを確信し、馨は言葉を失う。

その一方で、まだ生きているという事実に胸を撫《な》で下ろした。

「理玖はどうしてここに？　倒れたってメールに書いてあったんですけど」

「はい、ここの……山を下りてしばらく行った所に、鎌倉霊園《かまくられいえん》がありまして。そこの太刀洗門《たちあらいもん》の前でヒッチハイクみたいなことをなさっていて、うちの者が声を……その直後に倒れられて」

女性は俯《うつむ》き加減で話しながら正面の階段に向かうが、階段を上がることはなく脇《わき》に逸《そ》れた。

ついて行って境内《けいだい》の側面に回ると、茶屋の入口を彷彿とさせる扉が見えてくる。

焦《こ》げ茶《ちゃ》色の引き戸を開けた女性は、「どうぞ」と言って馨に入室を促した。

「救急車を呼ぼうとしたら、やめて欲しいって……何か事情があるようだったので、ここへ」

迷わず中に入った馨は、朝の光が差し込む土間で足を止める。

目の前には八畳ほどの和室があり、テレビや電気ポット、茶菓子などが置いてあるが、そこに理玖の姿はなかった。部屋の奥は窓口になっているので、ここは神社の受付窓口の裏側だろう。

「この部屋じゃ朝日が入って暑いやら眩《まぶ》しいやらで……下で休んでもらってます。お茶を持っていきますんで、どうぞ先に行って顔を見せてあげてください」

結局一度も馨の顔を見なかった女性は、雪駄《せった》を脱いで土間から和室に上がった。

そして土間の端《はし》にある戸を手で示す。

馨がその引き戸を開けてみると、地下に下りられる階段が見えた。

横幅は人一人分程度の細さしかないが、長さは十分過ぎるほどある。

地下二階の深さに相当する辺りに、鉄製の扉が見えた。

「すみません、失礼します」

そう言って階段室に進んだ馨は、理玖の居場所を確実にするために神経を張り巡らせる。

階段の下の部屋に、理玖の存在を確信できた。以前は匂いでもしない限りは個人の特定ができなかったが、今は違う。理玖に与えた自分の魔力によって、強い絆《きずな》を感じられた。

──生きてる。特に異常は感じられないし、脈拍《みゃくはく》も呼吸音も普通だ。

馨は聴力《ちょうりょく》を最大限まで生かすと、急いで階段を下りる。

あと少しで理玖に会える。そう思うと足が勝手に動いて、高熱も倦怠感も吹き飛びそうだった。

手摺《てすり》も何もない木製の階段を下り切った馨は、コンクリートに足を下ろす。

三歩先には鉄扉があった。迷わず引手に触れる。

「理玖ちゃんっ、迎えにきたよ」

声をかけながら開いた扉の向こうは、コンクリート剝《む》き出しの部屋だった。

馨の目に飛び込んできたのは予想を裏切る光景だ。病人のはずの理玖が、部屋の奥の床の上で膝立ちになっている。ロープで手足を縛られ、壁に括《くく》りつけられていた。

「うっ、う──っ！」

「なんだよ……これ、どうして……っ」

猿轡《さるぐつわ》を嚙《か》まされた理玖の呻き声は、あきらかに警告的《けいこくてき》な響きを持つ。

同時に背後から音がして、パタパタと折《お》るように階段が引き上げられた。

驚《おどろ》くべきことはそれだけでは終わらず、理玖の頭上から分厚い鉄板のシャッターが下りてくる。

驚いている暇《ひま》はなかった。理玖が押し潰《つぶ》される――そう判断した瞬間、馨は部屋に駆け込む。

「う――っ!!」

「理玖っ、大丈夫か!?」

すんでのところで理玖の体を掬《すく》い上げた馨は、勢い余って壁に半身を打ちつける。

真っ先に拘束《こうそく》を解こうとしたが、シャッターがドオーンッ！　と音を立てて閉まると、照明の光を遮《さえぎ》られてしまった。空間は忽《たちま》ち真っ暗になる。

馨は夜目《よめ》が利《き》くため、通常とは見えかたが違うものの特に不自由はなく、急いで理玖の猿轡とロープを外した。状況確認のために、一周だけ周りを見渡す。

分厚い金属シャッターによって区切られた細長い空間は、上下を含めた五面がコンクリートで出来ていた。長辺は約六メートル、天井の高さは三メートル以下しかない。

「馨ちゃん……っ、ごめん、なさい……僕が……僕が全部悪いんだ！　馨ちゃんのこと、ずっと騙《だま》してたから！」

夜目の利かない理玖は、暗闇《くらやみ》の中で錯乱《さくらん》しているようだった。

泣いて声を上擦《うわず》らせながら、両手を振り回して「ごめんなさい、ごめんなさい」と繰り返す。

「携帯、取られて……指の表面……っ、切られて、指紋《しもん》を……」

「指紋っ!?　切られたってどういうことだよ！　見せてみろ！」

馨は涙でぐしゃぐしゃになっている理玖の顔に触れていたが、慌《あわ》てて右手を掴む。

人差し指の先に乾いた血が付着し、指紋が薄れているものの、ヴァンピール特有の治癒能力によって組織の大半は再生していた。著《いちじる》しい欠損《けっそん》は魔族でも再生できないため、これ以上切られていたら治らなかった可能性がある。

「お前の指先を切って……それで、俺にメールを送ったってことか？」

「ごめん、ごめんなさい……っ、僕のせいで……！」

理玖はパニックを起こしていて正気ではなく、馨は「落ち着け！」と声を荒《あ》らげながら、まず自分自身が落ち着くべきだと思い直した。

理玖を大切に、優しくすると決めたのだ。怒鳴《どな》っている場合でも苛立《いらだ》っている場合でもない。とりあえず少しだけ状況がわかってきた。この神社の人間は自分にとって敵《てき》であり、確固《かっこ》たる目的があって理玖を拉致《らち》し、自分を呼びだしたのだ。

昨今《さっこん》の携帯電話は指紋認証機能がついているのが標準的で、特に大事なデータは、虹彩《こうさい》認識や声帯認証によって厳重《げんじゅう》に保護できるようになっていた。理玖を装《よそお》ってメールを送るために指先を肉ごと切り落とすような連中が、まともな人間とは思えない。

――神社の規模からして、敵は個人じゃなく組織だ。理玖がウイルスのキャリアだってことを考えると……狙《ねら》いは魔族としての俺……ホーネットの王を狙ってるってことか？

馨は震える理玖を抱いたまま、「待ってろ、携帯のライト点けるから」と声をかける。

ポケットから携帯を出してライトを点けると、電波が届かず圏外になっていることに気づいた。

今日日《きょうび》、日本国内で圏外などあり得ない。たとえ地下でも考えにくい。電波が届かないのではなく、妨害電波《ぼうがいでんぱ》で阻止《そし》されていると考えたほうがいいだろう。

「理玖……大丈夫か？　とにかく落ち着いてくれ、怒鳴って悪かった」

夜目の利かない理玖は、暗闇ではなくなったというだけで一瞬ほっとした様子を見せる。

しかし馨の顔を見た途端、その表情は一変した。

声になっていなかったが、理玖の喉から、ヒュッと息を吸って止める音が聞こえてくる。

「か、顔……馨ちゃん……っ、顔に……！」

「──っ、わかってるから……お前は？　同じような、黒い斑点が出てこなかったか？」

馨は自分の手に斑点が増えていることに気づいており、顔の状態に関しては考えたくなかった。

細に泣き黒子のようなものがあると指摘《してき》されたが、理玖の反応からして、今はそんなものでは済まなくなっているのだろう。その一方で、理玖の顔が綺麗なままであることに安堵《あんど》した。

「馨ちゃんの……手……体も、物凄く熱い……っ」

「お前はそんなに熱くないな、怠くなったり喉が渇いたりしてないか？」

馨は問いながら、結局水の一滴も飲まずに飛びだしてきたことを思いだす。

相変わらず体は熱く、怠いうえに頭痛も酷かった。それでも気を張り詰めていると、なんとか立っていられる。喋ることも、理玖を抱き締めることもできた。

「熱く、なったんだ……喉も干上がったみたいになって。それで、ここに来るまでのタクシーの中で、手首や足首に星型の斑点が出てきて……でも、今はもう熱も引いて、斑点も消えて……」

馨は理玖の話を聞きながら、理玖のうなじや首筋、耳の裏側など、本人が確認できない場所を調べる。皮膚はどこも美しく、黒点など少しも見えなかった。体温はおそらく微熱《びねつ》程度だ。今の馨の手には冷たいくらいに感じられた。

「よかった……お前の体の中で、俺の血が勝ったってことだな。俺はまだ、お前の血に負けてるみたいだけど」

馨は理玖に自分の正体をどう説明すべきか、定まらないまま切りだす。

元々は告白するシチュエーションや順序を考えていたのだが、予定は完全に狂《くる》ってしまった。

この世には様々な魔族が存在すること、それが組織として成り立っていること。魔族の両親を持つ自分は、特に血の濃い魔族として組織のトップであること。しかし理玖の体に流れる特殊なウイルスに感染し、今は危険な状態にあること。さらには、自分が吸血鬼であり、理玖をヴァンピールにしたことや、ヴァンピールの命は主と同じであることも話さなければならない。本当はこの数日の出来事を謝りたいのに、より優先して説明しなければならないことが多過ぎた。

「ごめん、なさい……僕は……とても強い、ウイルスを持ったキャリアで、それを知ってて……馨ちゃんの居る小学校に……転校、したんだ。最初のうちは、わざと近づいて」

大きな黒い瞳から涙を零しながら、理玖は思いも寄らないことを口にする。

しばし理解できなかった馨は、驚く以前に耳を疑った。

ぼうっとしている頭が、何かとんでもない勘違《かんちが》いをしているのではないかと思えてくる。

「ここは、蜂角鷹教団ていう、宗教団体の本部で、退魔ウイルスのキャリア達が運営してるんだ。教祖は僕の大叔父で……馨ちゃんがマンションで会ったのは、その息子。恋人なんかじゃない」

「理玖……っ、俺が……人間じゃないこと、知ってたのか？」

「知ってた……退魔ウイルスのキャリアには、魔族のオーラが見えてるから。馨ちゃんには黒に近い紫色のオーラが……貴族悪魔は鮮《あざ》やかな紫で、使役悪魔は赤で……それが、炎みたいに燃え盛って見える。僕達にはわかってしまうんだ。魔族がどんなに人間の振りをしても、馨ちゃんが自分の体に結界を張っても関係なく見えるから……だから、蜂角鷹教団の人間は……ホーネット教会の悪魔よりも先に、純血種の誕生を知ってた」

「な、なんだよ……それ、なんで……ホーネットとか、そんなことまで知って……」

「ホーネット教会から抜けたいダークエルフがいて……っ、その人が蜂角鷹教団に協力してて、僕も……九年前に会ったんだ。転校する前、ロシアに行って……」

「──っ、まさか、そんな……」

「僕は……九年前、両親を吸血鬼に殺されたと思ってて、ホーネット教会を壊滅《かいめつ》させるためには僕の血を馨ちゃんに飲ませるしかないって、それで……刺客《しかく》として、送り込まれた。だけど……ずっと後悔してたし、本当は最初から間違ってたっ！　両親を殺したのは蜂角鷹教団の人間で、お父さんは僕を兵器みたいにしたくなくて、教団に反発してたんだ！」

小刻《こきざ》みに震えながら叫んだ理玖は、馨の体に縋りながらも頽《くずお》れる。

コンクリートの上に膝をつき、「ずっと騙していてごめんなさい」「ごめんなさいっ」と悲痛な声を上げた。その泣き声が延々《えんえん》と反響《はんきょう》する中、馨は何も言えずに立ち竦《すく》む。

──刺客……理玖が、俺を殺すための……刺客……。

小学校四年生の時、突然転校してきた横浜出身の少年──あの頃の理玖は、明らかに馨を見て恐怖していた。人間ではない何かだと察しているかのようにびくついて、そのくせ不自然なほど積極的に近づいてきたのだ。生まれつき勘《かん》のよい人間は、本能で捕食者を恐れることがあるが、その場合自ら近づいてくるようなことは絶対にしない。こうして言われてみると、当時の理玖の行動はおかしかった。中学高校は学校のシステム上そのまま一緒に上がるにしても、引っ越してまで同じ大学を選び、学部まで同じにするのは余程のことだ。

――俺は……理玖に、物凄く惚《ほ》れられてるんだと思ってた。コイツは俺のダメな所も含めて、全部受け止めてくれて……なんだかんだ言っても俺が好きで、だから……泣くことがあっても、いつだって俺についてくる。その根底は好意だと、ずっと思って、甘えてた……。

馨は理玖に触れることを拒絶する気持ちを自覚しながら、足下で泣いている理玖を見下ろす。九年もの間、理玖が考えていたことをまったく知らなかった。完全に騙されていたのだ。

自分が酷な態度を取った時、理玖は「いつか殺してやる」と思っていたのだろうか。

それなりに努力して正体を隠している自分を、教団の人間と共に嘲笑《あざわら》っていたとしたら、酷く腹立たしくて、悔しくて堪らなくなる。理玖には、他人の隠し事をすべて見抜いている優越感《ゆうえつかん》があったのだろうか。その気になればいつでも殺せる猛毒を抱えながら、何を思って傍に居たのか。泣いたり笑ったり、愛情を語ったり、抱かれて感じていたのは嘘だったのか――。

「……ごめん、なさい……ごめんなさい……」

泣き崩《くず》れる理玖に声をかけてやる気にも、体に触れる気にもなれなかった。

理玖の好意を頭から信じ込み、その気持ちの上に胡坐《あぐら》を掻いていた自分があまりにも惨《みじ》めで、みっともなくて、恥ずかしくて、ただでさえ熱い体が羞恥《しゅうち》と怒りで一層《いっそう》熱くなる。

――なんなんだよ、これ……最悪過ぎて、信じらんねえ……。

握っていた携帯を落とした馨は、再び訪れた闇の中で顔を覆《おお》う。

頭が割れるように痛くて、自力で立っていられなくて壁に手をついた。

親からの無償《むしょう》の愛とは違う、特別な愛を手に入れたと思ったのに……結局、理玖の愛は偽物で、蒼真の愛は肉親の域を超えず、いつまでも愛されない。永遠の命と最強の力に恵まれながらも、肉親以外の愛は得られないのだとしたら、なんて、なんてつまらない、ちっぽけな存在だろう。

——こういう……考えかたするところが、小せえんだよ……わかってるよ……目の前で好きな子が泣いてんのに、俺はまたこうやって、自分のことしか考えてない。だからダメなんだよ……プライド傷つけられたことにショック受けて、この俺がこんな目に遭うはずないって思ってる。自分は特別なのに……こんなのおかしいって思ってる。全然おかしくねえんだよ、こんなだからダメなんだ、ほんとダメだ……。

暗闇の中ですすり泣く理玖に、馨は何か声をかけなければならないと思う。

何を言っていいのか、どんな態度を取ればいいのか、考えているうちに涙が出てきた。

しかし泣いている場合ではなく、きちんと話し合わなければいけない。自分は今、情けなくて恥ずかしくて堪らない気持ちでいるけれど、理玖の九年にも様々な感情や葛藤があったはずだ。苦しくなかったわけがない。理玖が隠し事をしていたことに気づけなかったが、本質的にどういう人間なのか、それくらいはわかっている。

——理玖が昨日、マンションの鍵を取り換えてから自殺を計ったのも、あの粘着テープも……全部、理玖の決意の表れだ……俺を殺す気なんてなかった。ヴァンピールになって欲しいなんて言って困らせて、別れ際に未練たらしく歯型つけて、理玖を追い詰めたのは俺だ。

吸血鬼の恋人にとって有毒な血を持つ理玖は、それを告白できずにどんなにか悩んだだろう。最後は自分を選んでくれたのだ。殺したくないと思ったからこそ、自らの死を選んだ。

「理玖ちゃん……」

馨は零してしまった涙を袖で拭い、腰を落とす。

床に膝をついて嗚咽《おえつ》する理玖の体に触れ、薄い肩を包み込むように撫でた。

好意を寄せてくれるから好きになった――それが始まりだったけれど、今は必ずしもそうではないのだ。自分が理玖を好きで、一緒に居ることを望んだ。幸せにしたいと思った。敵によって意図的に開始された関係が気に入らないなら、ここから新たに、理玖と自分と、それぞれ本音をぶつけて付き合い始めればいいことだ。

「馨ちゃん……っ、僕は……馨ちゃんが好きで、一番大切で……感染させたく、なかった」

ごめんなさい、ごめんなさい――と、理玖はまた繰り返す。

謝らなければならないことは自分にもたくさんあるのに、馨は涙声になるのを避けたくて何も言えずにいた。恰好《かっこう》悪いことをしたくないと思いながら、いつも恰好悪いことになっているのを自嘲《じちょう》する。涙声になるならなるでいいじゃないかと、ようやく思えた。

「……謝らなくて、いいから……わかってるよ」

一度座り込むと立てない体で、馨は理玖を抱き寄せる。

暗闇でも利く目に、理玖の肩を抱く自分の手が映った。爪の下にまで斑点が浮きでている。

「俺の恋人は、理玖ちゃんだけだ」

馨は何も見えない理玖にキスを迫り、不安げに震える唇を塞いだ。

柔らかな膨らみを押し潰して、その奥にある舌を求める。いつもと同じ口づけをすることで、理玖が生きていることを実感できた。また、涙が零れそうになる。

「ん……っ、う……ふ……」

「――ッ、ゥ……」

顔をどちらに向けて、舌をどう動かせばいいか、二人の間には無言の約束があった。

いつの間にか当たり前になっていて簡単にできたことが、大切な行為だったと知る。

もしも昨日、理玖が死んでしまっていたら……こんなキスはできなかった。生きているから、傍に居るから触れることができる。

「……は……っ、ふ……ぁ」

「――ッ、ン……理玖……」

共に過ごせる一日一日が貴重なものであることを、決して忘れてはならない。

たとえそれが日常になったとしても、感謝して噛み締めて生きていくべきなのだ。

離れ離れの時間が多かった両親を見てきたのに、不死の身に甘えて肝心なことを忘れていた。

「好きだよ、理玖ちゃんが好きだ」

「馨ちゃん……」

闇の中で、理玖は瞳を彷徨《さまよ》わせる。本当に何も見えていないのがわかった。

理玖のために携帯を拾うべきだとわかっていながら、馨はどうしてもできずにいる。

恰好をつける気はもうないのに、明るくして顔を見られるのが嫌だった。

黒星病の進行具合がなんとなくわかり、どんなに醜《みにく》い顔か、鏡を見なくても想像がつく。

「出会うまでの経緯《けいい》とか、最初の頃どうだったとか、そんなことはどうでもいい。理玖ちゃんが最終的に俺を選んでくれて、凄い、嬉しい」

馨は灯りを点けることなく、「好きだよ」ともう一度口にする。

理玖が何も言えないくらい強く抱き締めて、「愛してる」と告げた。

臆面《おくめん》もなく言えるのは、こんな状況だからかもしれない。助かったら照れが邪魔して、真顔で言うのは難しかったりするのだろう。本気の愛は、語るのに勇気がいるから――。

「大事にしてやれなくて、ごめんな。甘えてばっかりだったけど……理玖ちゃんのことがずっと好きだった。それはこれからも変わらない。一緒に過ごした時間に無駄なんて少しもなかったし、理玖ちゃんの血を吸ったことで死ぬとしても、絶対に変わらない」

酷い顔を見られるのが嫌だとか、恥ずかしいとか、まだまだ振り切れない半端な自分だけれど、確かに生きている今のうちに、言葉にしたい想いがあった。

涙声になるのを堪《こら》えて息を詰めると、理玖の嗚咽が胸に伝わってくる。

もっと真剣に生きて、もっと真っ直ぐに恋をするから、どうか時間をください――自分の命と運命に祈った馨は、次の瞬間はっと顔を上げた。

シャッターの向こうから、聞き慣れない物音がしたのだ。

人の気配は無数にあるものの地上にしかなく、近場には誰も居ない。

何が起きているのかわからないまま、聴覚《ちょうかく》は水音を聞き取り、次に嗅覚が反応した。

「理玖！」

水音の正体に気づくなり、馨は理玖を抱いて壁際に寄る。

しかし時は遅く、「ガソリンだ！」と叫んだ時には火を点けられていた。

「――っ、な、何……ガソリン⁉」

「酸欠にして焼き殺す気かよ……っ！　さすが、内通者がいるだけあってよくわかってるよな、いくら魔族だって焼き殺されたら普通に死ぬ」

シャッターの下にある指も入らないほどわずかな隙間から、ガソリンが浸入《しんにゅう》してくる。

シャッターで分断された部屋の向こう側が明るくなり、足下にオレンジ色のラインが一直線に見えた。おそらく部屋の半分以上が火の海と化しているのだろう。奇《く》しくもシャッターによってこちら側はまだ無事だが、それも時間の問題だ。隙間から忍んできたガソリンから火柱《ひばしら》が立つ。

「――それでも、俺には奥の手があるんだよ！」

魔力を使えば黒星病の進行が速まることを知っていても、使わないわけにはいかなかった。

馨は自身の背中から放射状《ほうしゃじょう》に血液を出し、それを前方に広げて大きなドームを形成する。

自分と理玖の体を密着させ、外気と隔《へだ》てるための空間を作って閉じ込めた。

「な、何……これ……赤い、硝子みたい」

「純血種の血液製スノードームってとこだな。これも時間が経てば酸欠になるけど、とりあえず火は避けられるし、一酸化炭素中毒《いっさんかたんそちゅうどく》にならずに済む」

球体を完全に閉じて床面に固定した馨は、地下室が隈なく燃えていくのを膜越しに目にする。

膜が薄くても硬度は保てるが、しかし熱は防げなかった。

ガソリンに引火して部屋中が燃える中、ドームの中にも熱が伝わってくる。

蒸《む》し殺されるのを防ぐためには、さらに血液を追加して膜に厚みを持たせるしかなかった。

「……ッ、ゥ……！」

純血種の造血能力は極めて高いが、極力大きなドームを作ったために造血が追いつかない。

それでも背中から血を放出し続けた馨は、膜の表面に血液を這わせていった。

硬化させては厚くし、最終的には不透明の分厚いドームを形成する。

これで熱もある程度遮ることができるだろう。意識がある限り、溶《と》けることはない。

「馨ちゃん、僕はどうすれば……どうすればいい!?　何かできることは!?」

「ヴァンピールの血を、吸えば……力、出るけど、ウイルス取り込むのは、まずいから」

「──っ、ごめん……なんの役にも立てなくて」

「役に立つよ。理玖ちゃんが期待してくれたら、それだけで」

「馨ちゃん……」

「生まれる前から期待されてきたから。それはプレッシャーでもあったけど……強くて頼られる存在であることが、俺には心地好《ここちよ》かった。だから、期待されると頑張れる」

ドームの厚みが増しても、炎の光はわずかに届いた。

自分を見上げる理玖の目に、醜い顔が映っているのかと思うと……こんな状況でも両手で覆い隠したくなる。見られたくなくて、理玖の顔を肩に向かって引き寄せた。

その気持ちが伝わったのか、理玖は俯き加減で腰に手を回してくる。

「……血をあげられなくて、ごめんね……でも、何故かそんなに怖くないんだ。馨ちゃんなら、なんとかしてくれるって、思えるから」

「理玖ちゃん……」

「無理に言ってるわけじゃないよ。本当に、そう思ってる。僕には馨ちゃんのオーラが……他の誰とも比べられない、物凄く強いオーラが見えてるから……っ」

力いっぱい抱きつかれて、期待される——ただそれだけで自信が湧《わ》いてきた。

ドームの中は熱くなり、高熱に見舞われていた体温は完全に常軌《じょうき》を逸《いっ》している。

喉がカラカラに渇いて、頭が割れそうに痛かった。それでも、自分なら勝てると思える。

——コイツなら守ってくれるって……そう信じてもらって、その通りにできたら最高だよな。

強い力を駆使《くし》して、誰よりも頼られたい。いつだって、そうありたい……！

地下室が燃え盛る中で、馨は限界が迫っているのを感じ取る。

ドーム内の温度が四十度を軽く超え、理玖の息遣いが急激に乱《みだ》れ始めた。

全身に結界を張っている馨は火傷《やけど》こそしないが、理玖はもうすぐ倒れるだろう。

自分もやがて死ぬのは目に見えている。

活路を開くには、ドームを維持《いじ》したまま地下室を破壊《はかい》するしかない。

「理玖ちゃん、悪い……やっぱり血をもらう。その先のことは、あとで考える」

「——っ、馨……ちゃ……っ」

呼吸も儘ならない理玖の体を支えながら、馨は牙を伸ばす。

退魔ウイルスをより多く取り込むのは危険だが、このまま何もしなければ死んでしまう。

理玖の期待に応え、奇跡を起こせる自分でありたかった。そのために力の源となる血を求め、
理玖の首筋を咬む。

「う、あ、ぁ……！」

管牙から毒を注入する前の段階で、華奢《きゃしゃ》な体は痛みに震えた。

火照った肌に穴を開けた馨は、牙を引くなり溢れる血を喉に受ける。

有毒なウイルスを含む血であっても、味に変わりはなかった。人間の血の味は味蕾《みらい》に幸福感を与えてくれる。乾いた喉を潤し、造血に必要な体力と魔力を生みだす力になった。

──俺のヴァンピール……俺だけが吸うことを許される……理玖の血……！

馨は傷口に吸いついて血を吸い続け、胃から全身に力を行き渡らせる。

濃密《のうみつ》なエネルギーの補充により、心臓が大きく鼓動《こどう》し、新たな血液を作りだした。

造血力が蘇ったことを確信した馨は、ぐったりと凭《もた》れかかる理玖の体を抱き寄せながら、もう片方の手でドームに触れる。

内側の曲面に当てて、触れた部分のみを溶かしていった。

真っ赤な粘土状《ねんどじょう》の曲面に片手を埋め込んだ馨は、ドームを突き抜けた指先で炎を感じる。

結界を張り巡らせた手をシャッターではなく天井に向けると、酸素の少なくなった空間で一旦大きく息をついた。そして一気に、掌から血柱《ちばしら》を放出する。

「ぐ、う……ぅ……う──っ!!」

凄《すさ》まじい出血量に追いつく勢いで造血させた馨は、限界まで硬化させた血柱を天井に叩きつけ、コンクリートに亀裂《きれつ》を入れた。そのまま引くことなく、血を押し出し続けることで亀裂を広げ、果ては亀裂に染み込ませるように血を広げていった。

──俺は……っ、強い……俺は、絶対に……負けない……!!

腹から力を振り絞《しぼ》った馨は、獣《けもの》の如《ごと》き怒号を上げる。

亀裂に這わせた血を硬化させ、すべてを血柱に変えて天へと向けた。

コンクリートが崩壊《ほうかい》すると同時に、シャッターが倒れる音と、天井が落ちる音が響く。

振動も衝撃《しょうげき》も凄まじく、地上にあった様々な物が落ちてきた。

ドームの膜を厚くしたせいで、馨にも外の光景は見えない。

聴覚を研《と》ぎ澄《す》ますと、複数の人間の悲鳴が聞こえた。「教祖様！」と叫んでいる者も居る。

少なくとも、この施設内に十数人は居ると思われた。

――車が……坂を上ってくる音も聞こえる……何台も……。この気配……魔族だ。魔族が大勢、ここに向かってくる。貴族も居る……父さん、蒼真……紲も……。

馨は頭上が明るくなったのを感じ、地下室も地上の建物もすべて破壊したことを確信する。

ルイや蒼真が近くに居るのがわかった途端、体の骨を抜き取られたように力が抜けてしまった。

まだ炎は消えていないかもしれない。あともう少しの間、意識を保たなくては――その一心で血のドームを維持し続けた馨は、眼下で塞がっていく理玖の首筋の傷を見つめた。

理玖自身が熱と毒で朦朧《もうろう》としているにもかかわらず、密着した体から強い鼓動が伝わってくる。

ヴァンピールになった理玖の体内では、失った分の血液が急速に造られていた。

間違いなく、馨のヴァンピールになったのだ。

理玖の体の中で、馨の血はヴェレーノ・ミエーレに打ち勝って、確実に役目を果たしている。

「馨っ！　馨、どこだ!?　馨！」

遥か頭上から、ルイの声が聞こえてきた。蒼真や紲の声も聞こえる。

居場所を知らせる余力すらなかったが、間もなく見つけてもらえるだろう。

消火が済んだら、ドームを霧散《むさん》させればいい。そうすれば、とりあえず……あと少しは生きていられるはずだ。

15

蜂角鷹教団の本拠地——登記上は鷹神神社となっている建造物が火事で全焼してから、八日が経過した。多くの死者が出たにもかかわらずろくに捜査《そうさ》もされないまま、煙草による失火として小さなニュースが流れ、無名の宗教団体は消滅《しょうめつ》した。

曰《いわ》くつきとなった土地は、周辺の山林を含めて、ホーネット教会傘下《さんか》の外資系企業が買収する運びとなっている。

理玖が鷹上善一から聞いていた通り、魔族は必要に応じて有力な政治家や警察上層部の人間を眷属化させ、洗脳して意のままに動かしているようだった。

元よりそういった者を潜《もぐ》り込ませていた可能性もあるが、馨の実父でホーネット教会の宰相、ルイ・エミリアン・ド・スーラは多くを語らず、「もう何も心配要らない」とだけ言っていた。

馨の伯父である蒼真から聞いた話によると、八日前の早朝——馨の異変に気づいた紲がルイに事情を話し、ルイは直《ただ》ちに鎌倉に向かう手筈《てはず》を進めた。

同時にウイルスの簡易検査を行い、馨が残したブーツの底に付着していた理玖の血液を、貴族悪魔の血液と混ぜ合わせて反応を確かめたのだ。

検査に使用した自身の血液が、ウイルスの攻撃を受けて黒く濁《にご》るのを確認したルイは、屋敷に到着した蒼真と共に鎌倉に向かった。

その道すがら、馨の行き先の鷹神神社が、理玖と関係のある鷹上一族を中心とした宗教団体であることを、眷属に突き止めさせたのだ。

理玖がヴェレーノ・ミエーレのキャリアだったのは偶然《ぐうぜん》ではなく、魔族に対する組織的攻撃と判断した彼らは、外敵の即時殲滅《そくじせんめつ》を決定し、使役悪魔を従えて鷹神神社に乗り込んだ。

「――理玖殿《どの》、ここは人間の体には寒いように思うが……大丈夫か？」

都内にあるホーネット教会本部に軟禁《なんきん》されている理玖は、廊下の奥から聞こえてきた声に振り返る。反射的に体が動き、アンティークの長椅子《ながいす》を軋《きし》ませる勢いで立ち上がった。

「ユーリさんっ」

思わずどきりとするような美声の持ち主は、人間でも魔族でもない、バーディアンと呼ばれる鳥人族の王子で、名前はユーリ・ネッセルローデ――蒼真の番《つがい》であり、恋人だ。

すらりとした長軀《ちょうく》と乳白色の肌、高貴な紫眼《しがん》と漆黒《しっこく》の髪を持つ絶世の美男であり、近寄り難《がた》い雰囲気《ふんいき》を漂《ただよ》わせている。変容すると黒鳥になると聞いていたが、どちらかというと白鳥のようなイメージで、欧州の宮殿の廊下を彷彿とさせる優美な背景がよく似合っていた。

「こんばんは、お気遣いありがとうございます。ちゃんと着込んでるので大丈夫ですよ」

赤絨毯《あかじゅうたん》の敷かれた廊下の片隅で、理玖はユーリに向かって頭を下げる。

微笑む彼は、「これで温まるといい」と言って蓋《ふた》付きのカップを差しだしてきた。

理玖は礼を言いながら受け取り、ユーリと共に長椅子に腰かける。

蓋に開いた小さな穴から、ミルクココアがふわりと香った。

「すみません、いつもよくしていただいて……ありがとうございます」

理玖に対して複雑な感情を持っていないユーリは、毎日こうして声をかけてくれる。

彼はこの夏に蒼真の番になったばかりなので、「私も同じ新参者《しんざんもの》だ」と言っていた。

しかし自分と彼の立場は決定的に違うことを、理玖はよくわかっている。

バーディアンは人間以上に美味で栄養価の高い体液を持ち、魔族にとっては最上の好物だ。彼らにとって魔族は天敵《てんてき》だが、魔族は彼らを餌と位置づけ、敵とは見做《みな》していない。対して、ヴェレーノ・ミエーレウイルスのキャリアは最悪の外敵——そこには天と地ほどの差がある。

「馨様は日々回復しておられる。意識も戻ったのだから、きっと大丈夫だ」

「——はい……それもこれもユーリさんのおかげです。僕が御礼を言うのは烏滸《おこ》がましいですが、本当にありがとうございます」

「私の血は単なる栄養剤に過ぎない。馨様を救ったのは理玖殿が生みだした抗体《こうたい》の力だ」

両手をカップで温めていた理玖は、仄暗《ほのぐら》い廊下に立ち上る甘い湯気を目で追った。

ユーリの言う通り、理玖の体内にはウイルスの抗体がある。

馨の血液を大量摂取してヴァンピールになったことで、一度は黒星病に罹《かか》ったが、自然に熱が引いて斑点が消えたのは、血液中で抗体が産出されたせいだった。結果として理玖が持っていたウイルスは死滅《しめつ》し、馨を回復に導く抗体と、純然たる血液の栄養素だけが残っている。

それは非常に喜ぶべき奇跡だったが、全身の九割を黒星病に蝕まれた馨の病状は重く、意識が戻った今も予断を許さない状態が続いていた。

それに、回復に向かっているという話を聞くばかりで、理玖はまだ馨と会っていない。

意識がなかった五日目までは馨の両親が接触を許さず、意識が戻ったあとは、黒点に侵されて不自由な状態を見せたくないという理由で、馨自身が面会を拒《こば》んでいた。

理玖の携帯も馨の携帯も灰になってしまったため、メールのやり取りすらしていない。

「ユーリさんも、まだ会っていないんですよね？」

「もちろんだ、私は一番他人だからな。衝立《ついたて》の向こうに手首を差しだしているだけだ」

「――そう、ですか。僕も、他人です……いえ、それどころじゃなくて、敵だってことを改めて感じました。それでも会いたいと思ってしまって……でも、馨ちゃん、お父様にも蒼真さんにも弟さんにも会いたがらないそうですし、病室に入れるのは、お母さんだけで」

　理玖は涙腺《るいせん》が緩むのを感じて、慌てて目元を押さえる。

　ココアで温まった指から、じわりと熱が伝わった。何を言っているのか、自分でもわからなくなる。自ら生みだした抗体の働きを信じてひたすら祈っているが、もしも救えなかったら……と思う不安と、救えたところでそもそも窮地《きゅうち》に陥《おちい》らせたのは自分であるという罪《つみ》の意識、馨自身に面会を拒絶された淋しさが、一緒くたに押し寄せてくる。

「母親とはいえ細殿は男性で……馨様を宿したことによってつらい目にも遭《あ》っている。そのため馨様が幼い頃は色々あったと聞いているが……今、馨様が誰にも見せたくない姿をさらけ出せる相手が細殿であることは、とてもよいことだと私は思う」

「ユーリさん……」

「淋《さみ》しいと感じるかもしれないが、馨様も男だ……恋人には弱っている姿を見せたくないとか、恰好をつけたいと思う気持ちはあるだろう。そこに距離を感じるとしても、嘆《なげ》くことではない。恋心を抱いて、好かれたいと思っている証拠《しょうこ》ではないか？　何より、一日も早く病気を治して、理玖殿に会いたいと思っておられる。そうでなければ私に頼ったりはしない」

　理玖はユーリの言葉に歯を食い縛《しば》り、泣くのを堪《こら》えた。

礼を言いたくて口を開いても、上擦るばかりでなかなか言葉にならない。

馨が長年好きだった相手が蒼真であることも、その番になったユーリに対して馨がよい感情を抱いていないことも、理玖はこの八日間のうちに察することができた。

死線を彷徨《さまよ》う馨のためにユーリを呼び寄せたのは蒼真だが、馨は意識が戻ってからもユーリの血液を求めており、そこには並ならぬ決意が感じられる。理玖がこれまで見てきた馨は、たとえ何があっても、不仲の相手に頼るような男ではなかったからだ。

「ありがとう、ございます。ユーリさんが声をかけてくださるので、僕は、本当に……」

最後まで言い切れずに息を詰めた理玖は、「私のことはいい。冷《さ》めないうちに飲みなさい」と、ユーリに言われる。

「……いただきます」

掠《かす》れた声を出してから蓋の飲み口に顔を近づけると、鼻腔《びこう》を甘い香りが抜けていった。

濃厚なココアと、こくのあるミルクが五臓六腑《ごぞうろっぷ》に染み渡る。

なんて温かくて美味しく、優しさに満ちたココアだろう──そう思って口元を綻《ほころ》ばせた理玖は、顔を上げるなり「美味しい」と口にする。それしか言葉が出ないくらい、本当に美味しかった。

「それは細殿が作った物だ。今夜は冷えるから、理玖殿に持っていくよう頼まれた」

「──っ」

「馨様のお身内は、今の状況ではどうしても理玖殿によい顔ができない……それ故《ゆえ》に細殿は直接会うことを控えておられるが、馨様が選んだ御方を家族として迎え入れ、愛したいと思っている。そのためにはもう少し時間が必要になるが、どうか理解して差し上げて欲しい」

ユーリに向かって頷《うなず》くと、泣かないつもりでいたのに涙が零れてしまう。

たった一人、こうして対話の時間を持ってくれるユーリの気遣いに救われていた。

馨に対しても彼の身内に対しても申し訳ない気持ちでいっぱいで、どれだけ謝っても謝り足りないのはよくわかっている。

もっと責められるべきだと思っているのに、今は衣食住が充実した状態で軟禁されているだけだった。来たばかりの頃のように、尋問《じんもん》を受けているほうがましだと思う反面、優しくされればやはり嬉しい。

「我慢《がまん》せずに、泣きたい時はしっかり泣いておいたほうがいい……馨様のこととは別に、仲間を失ったこともさぞやつらかっただろう。私には、わかる気がする」

「ユーリさん……」

彼が言っているのは、血の繋がった鷹上一族や、他の教団員のことだ。

ユーリもまた、同じ種族の仲間をすべて亡《な》くして独りだけ生き残ったらしい。

あの日――意識を失った状態で救出された理玖は、都内にあるこの本部に運び込まれ、蜂角鷹教団及びロシアで会ったダークエルフに関して、知っていることを洗《あら》い浚《ざら》い自白させられた。

大叔父《おおおじ》やその息子の良仁《よしひと》を始め、多数の教団員がルイの手で殺されたことを聞いていた理玖は、自分が漏らす情報がどう使われるのかわかっていながら自白したのだ。

そうするより他に、罪を償《つぐな》う方法がなかった。

馨が意識を取り戻すまでの五日間、ルイと蒼真、そしてイタリアから駆けつけた馨の異母弟のノアは、平静を装《よそお》いながらも激しく憤《いきどお》っており、母親の紲は心痛のあまり倒れてしまった。

馨を人間として人前に出して育てることを決めた張本人である紲は、自分のエゴのせいで馨が狙われ、小学校に刺客を送り込まれるような事態に陥ったと思い詰めたらしい。

そうなるのも無理からぬ話で、救出時の馨は、生きているのが不思議なほど酷い状態だったと聞いている。今でも皮膚の七割以上が黒く、人間ならば死に至る高熱が続き、意識が戻ったとはいえ朦朧としている時間がほとんどだという。

「彼らは魔族にしては人間らしい感情を持ち、善人に近いと私は思っているが、どうしても……価値観の違いや感覚の差はある。魔族にとって人間は餌であることを、忘れてはならない」

理玖は「はい」と答えながら、尋問の際に見たルイや蒼真の瞳《こお》を思いだす。

無理強《むりじ》いされたわけでも恫喝《どうかつ》されたわけでもないが、血が凍りつくほど怖かった。

人間として育った紲の感覚に合わせて普段は遠慮《えんりょ》しているようだが、こういった有事には魔族としての本性《ほんしょう》が出るのだろう。

相手が人間でも魔族でもバーディアンでも、彼らは大切な家族を傷つける者を許さない。

そして自分は、そんな彼らに迎合《げいごう》したのだ。

――僕はユーリさんみたいに綺麗な心は持ってないし、優しくもなれない。教団は僕の両親を殺して……馨ちゃんだけじゃなく、ヴァンピールになった僕も敵と見做して焼き殺そうとした。

そんな人達を失ったからといって、僕は泣けない。大切な人のためにしか泣けないんだ。

理玖はどこか懐かしい味のココアを飲みながら、自分の中に潜《ひそ》む闇《やみ》を見る。

教団員の血がどれだけ流れようと、馨が助かり、二度と危険に晒されなければそれでいい――

今は、そんなふうにしか考えられなかった。

16

救出されて十日が経っても、馨はベッドから起き上がれずにいた。

現在病室と呼ばれて使用されている部屋は、教会本部内にあるルイの仮眠室だ。

日光を避けるための遮光扉《しゃこうとびら》が窓についているが、それらを開け放てば都内とは思えないほどの緑が見える。

鹿島《かじま》の森《もり》には及《およ》ばないものの、遠い塀《へい》までの間に木々が密集していた。

この病室に出入りしているのは、紲の他に、極秘《ごくひ》に呼び寄せられた研究者のみだ。

平常時の彼らは、世界各地の研究所で魔族が抱える生態的な問題を中心に研究を続けている。

貴族悪魔の性別転換能力を抑え込む研究や、ヴェレーノ・ミエーレウイルスの調査、黒星病の進行を抑える薬や代用食の開発などを進めており、魔族社会を陰《かげ》から支える存在だ。

王が倒れたことを外部に漏らすわけにはいかないため、全員が軟禁状態にあった。

「紲……輪廻《りんね》、転生《てんしょう》って、あると……思う？」

色好い顔をしていない研究員達が出ていくと、馨は紲に問いかける。

重厚なベッドの横で、紲は椅子に座ったまま身を強張《こわば》らせた。

ずっと握られていた手から、紲の不安が伝わってくる。こんなことを訊くのは残酷《ざんこく》なことだと思い知ったが、馨は紲に、どうしても頼みたいことがあった。

「死んだ、ら……終わりで、そんなもの、ないと思ってたけど……もし俺が、死んだら……」

「馨、やめてくれ……聞きたくない」

「俺が死んだこと、隠して、すぐに、子供、作ってくれ。父さんと紲ならきっと、卵《たまご》を作れる」

「馨……っ」

このまま快方《かいほう》に向かえるか、結局はウイルスに負けて死んでしまうか——自分を信じて希望を持ってはいるが、万が一のことも考えなければならなかった。

絶対君主《ぜったいくんしゅ》である王の死は、魔族戦争の幕開けを意味する。

どの種族も純血種を生みだすために動きだし、それに先駆《さきが》けてクーデターが起きるだろう。

自分が死んだあとの家族の身が心配で、死んでも死に切れない想いだった。

「そしたら、俺は、何がなんでも……もう一度、その卵の中に……入るから。二人の子供として、もう一度生まれて、きて、守るから。だから、もう一度……卵を……っ」

紲の手を握り返した馨は、亜麻色《あまいろ》の瞳から零れる涙を見つめる。

わかったとは言ってもらえず、紲は黙って首を横に振った。

この人に、こんな顔をさせたくなかったのに——永遠に幸せでいて欲しかったのに、願っても願っても、体が思うように動かせない。

ただ元気になるだけで、笑わせることができるだろう。

わかっているのに、それだけのことが途轍《とてつ》もなく難しかった。

空を飛ぶことさえ自在にできた自分の姿が、遠い過去のものに思える。

「生まれ変わる根性《こんじょう》があるなら、その分も今……頑張って。守らなきゃいけないもの、また一つ、増えたんだから。皆、馨なら絶対大丈夫だって……っ、信じてるから」

理玖のことを持ちだされると、自分も泣いてしまいそうになる。

夢物語のような輪廻転生を果たしたとしても、その世界に理玖はいないのだ。

ウイルスの抗体を作りだして健康な状態を保っている理玖の命は、馨の命に殉《じゅん》ずる。

――理玖ちゃん……。

自分が死んでしまったら共倒れして会えないままになってしまうのだから、皮膚の大半が病に侵された今の状態でも、理玖に会うべきだと思っていた。

その一方で、早く治して再会することが希望になっているのも事実だ。

せめて顔の斑点がもう少し引いて……口が滑らかに動くようになってからと考えているうちに、今日まで来てしまった。理玖が今頃どんな想いで待っているかわからないわけではないが、この姿を見せたら、おそらくもっとつらくなる。

「――頑張る……から、皆で……理玖ちゃんに、優しく、してやって」

「うん……わかってる」

馨は紲の目を見ながら、もう一度しっかりと手を握った。

人間並みの握力が出てきたことを感じると、気持ちが前向きになる。

紲もそれを感じたらしく、結んで開いてと繰り返しながら、口元を少し綻ばせた。

「昨日、ちょっとだけど話したんだ」

「……っ、ほんと、に?」

「本当に。ユーリさんにばかり任せてたら申し訳ないし、あとで嫌な姑《しゅうとめ》とか思われて嫌われたくないからな」

苦笑した紲は、「ちょっと待ってて」と言うと、甲《こう》を摩《さす》りつつ一旦手を引く。

体中が痛くて枕から頭を持ち上げることも儘ならない馨は、隣室に行く紲の背中を目で追った。

程なくして戻ってきた紲は、小さな袋を提《さ》げている。

一目見て携帯会社の物だとわかった。

思わず、「あっ」と期待を含んだ声を漏らした馨の前で、紲は袋の中から携帯を取りだす。

こんなことが起きる前、発売したら購入しようと思っていた最新の携帯だった。

しかも色違いで、ゴールドとプラチナの二台がある。

「顔を見せられなくても、メールとか電話とか、そういうのだけで全然違うと思うから」

「紲、これ……」

「ルイが、『馨はこれを欲しがっていた』とか言って、手配してくれたんだ。片方は理玖くんの。

最初のうちは……理玖くんの気持ちとか考えられなかったんだけど、自分がルイと会えなかった
頃のこと、思いだした。あの頃、時々でも声が聞けたらどんなによかったかって」

「――うん……」

「指も動くようになったことだし、メールだけでも送ってあげて」

ルイと十九年間引き裂かれた過去がある紲は、泣きそうな顔で微笑《ほほえ》む。

右手にゴールド、左手にプラチナの携帯を持ち、「どっちがいい?」と差しだしてきた。

病気のせいではなく胸が苦しくて堪らなくなり、馨は何も言えないまま紲の右手首を摑む。

母親のくせにどうして俺の顔をちゃんと見てくれないのかと……子供心に怨《うら》んで反抗した時も
あったけれど、今こうして、誰にも見せたくない顔を向けられるのは紲だけだった。

17

紲から携帯電話を贈られた二週間後、理玖は教会本部の別館に与えられた部屋に居た。旧赤坂離宮によく似た本館に居る馨を見舞うことはできず、塀の外に出ることも叶わないが、メールやチャット、電話のおかげで鬱々《うつうつ》と過ごすことはなくなった。

馨はすっかり元通りになった手や足の写真を送ってくれたり、握力が戻った証拠《しょうこ》として林檎《りんご》を潰《つぶ》す動画を添付してくれたり、経過良好であることを逐一《ちくいち》報告してくれる。

『林檎潰したら紲に怒られた』

『あら……食べ物を無駄にするからだよ』

『搾《しぼ》ってジュースにしたから無駄してない。林檎は紲のお仲間だからかも』

馨が打った文章の末尾から、突如林檎が現れる。

ホログラムを強制起動されたため、携帯の画面から風船のように赤い林檎が膨らんだ。

二十年以上前に開発された接触可能な3Dホログラム映像は、今や身近な技術となり、多くの携帯電話に搭載されている。

理玖はホログラムを閉じるため、ぷっくりと迫る林檎を指で叩き、画面の中に押し込んだ。

そうすることで、林檎は平面的なアニメーション画像に変わる。

『お仲間なの？』

『淫魔の体臭《たいしゅう》は林檎っぽいから。結構イイ匂い』

『そうなんだ？　お昼とか一緒に作らせてもらってるけど全然気づかなかった』

『魔族の体臭は魔族の嗅覚持ってないと嗅げない……残念。ヴァンピールも嗅《か》げたらいいのに』

『うん、嗅いでみたい』

『因《ちな》みに俺は白薔薇の香りだそうです←紲サン談』

『馨ちゃんの香水の匂いだね。白薔薇いいね、上品な感じで』

『イマイチ合ってないんでちょっと恥ずかしい。シトラス系がよかった』

『馨ちゃんの匂いも爽《さわ》やかだよ。大好き』

リアルタイムで馨とメッセージを送り合っていた理玖は、ハートのホログラムを送る。

馨は『理玖ちゃんの愛が届いた！』というテキストと共に、浮かれてぴょんぴょん飛び跳ねる黒豹のキャラクターホログラムを返してきた。

以前はこういった機能があってもほとんど使わなかったが、今は何をやっても新鮮《しんせん》で楽しい。

部屋に籠もって独りで過ごしているのに、フフッと笑い声を漏らしてしまった。

「あ……」

突如メッセージ画面が消えて、通話の着信画面に切り替わる。

電話だ──そう思うなり急いで応答ボタンを押した理玖は、「馨ちゃんっ」と声を弾《はず》ませた。

『理玖ちゃんに会いたいです』

「……うん、僕も馨ちゃんに会いたい」

『手足は元に戻ったし、体もだいぶいいんだけどな。歩けるしリハビリも順調で、魔力も使えるようになった。使っても黒点増えなくなったんだぜ。つまりウイルスは死滅してるってこと』

「うん、うん……本当に、よかった」

『選《よ》りに選《よ》って肌の治りは顔が最後なんて、皮肉《ひにく》だよな。白い部分のが多くはなったけど』

「もうすぐだよね、もうすぐ会えるよね？」

『あと四、五日ってとこかな……。今朝から顔半分だけ白く戻ってて、紲にファントムっぽくてイケてるとか笑われたんだぜ。凄い余裕だろ？』

「あと四、五日……よかった、待ち切れないよ。お父様も紲さんも、ほっとしてるみたいで……いつも食事に誘ってくださるし、本当によくしていただいてるんだよ。蒼真さんとユーリさんが軽井沢に戻ってからは特にそんな感じで、今日も料理を教えてもらったんだ」

『うん、知ってる。理玖ちゃんのこと可愛いって言ってるよ』

理玖は馨に色々なことを話したい気持ちと、彼の声が聞きたい気持ちの間で揺らぐ。

順調に回復しているとはいえ急に高い熱を出すこともあり、電話を早々に切り上げたことや、半日以上返信がないこともあった。

「早く……馨ちゃんに会いたい。僕は、どんな顔でも平気だし」

『俺も会いたいけど、百年の恋も冷めるかも』

「冷めないのに。それにイケてるんでしょ？」

『どうだろ……本気だとしたら親の欲目かも』

馨の声を聞きながら、理玖は笑ったり泣いたりと忙《いそが》しい。

あと数日だと思うと嬉しくて堪らないのに、本当に待ち切れなかった。

馨の矜持《きょうじ》も男としての意識も理解しているものの、会いたくて胸が張り裂けそうになる。

携帯を受け取った時は、メールのやり取りができるだけで十分だと思い、慣れるとすぐに声が聞きたくて我慢できなくなった。電話ができるようになった今は、会いたい欲求が募《つの》る。

「馨ちゃん、あのね……」

理玖は自分が着ているシルクのガウンの腰紐《こしひも》を掴み、おもむろに切りだした。

ガウンは部屋に用意されていた物だ。目隠《めかく》しに適した幅のこれを使ったら、今すぐでも会ってもらえないものかと思ってしまう。ここ数日ずっと、そんなことを考えていた。

『理玖ちゃん？　何？』

「――ううん、なんでもない」

理玖は自分の提案を引っ込めて、もう一度「なんでもないよ」と答える。

馨の体調が本当によいかわからないのに、無理を言ってはいけないと思った。

手足の写真や声の調子からして経過良好なのは確かだが、本来よりも明るめに振る舞っている可能性はある。甘えて我儘《わがまま》を言うと、困らせてしまうかもしれない。

『今夜は月が綺麗だし、ちょっとだけデートしようか』

「……っ、え？」

『午前零時に、裏庭の噴水《ふんすい》広場で会おう』

どこか含みのある言いかたをした馨は、『ちゃんとあったかいカッコでね』と言って、一方的に通話を終えた。

目を見開いた理玖は携帯を手に呆然として、じわじわと興奮《こうふん》し始める。

歓喜で息をするのも忘れて時間を確認すると、零時まであと三十分だった。

入浴を済ませて髪も乾かしていたので、いっそもっと早く待ち合わせたくなる。

――馨ちゃんに会える……っ、なんで急に？　実はもう、顔も完全に治ってた……とか？

そんな話の流れではなかったのに突然どうしたのかと驚いたが、もしかしたら計画されたサプライズで、実はもう完治しているとかだったらいいな……と思った。もしくは見せる気になれる程度まで治っていて、馨も自分と同じくらい会いたがってくれていたらいい――。

クローゼットを開けた理玖は、袖を通す機会がなかった膨大な服の中から、比較的地味で暖かそうな上着を選ぶ。どれもこれも、ルイと紲が用意してくれた物だった。

軽くて暖かい機能性インナーの上にグレーのハーフコートを着込み、室内を徘徊《はいかい》する。

そうして時間を潰そうとしたが、我慢できずにドアを開けて廊下に飛びだした。

理玖の部屋は二階にあるため、階段を駆け下りて建物の裏口から外に出る。

秋風に頬を打たれ、鼻腔の中までスーッと冷やされた。まるでメントールのような冷気だ。

高い塀に囲まれた敷地内は私有地とは思えないほど広く、塀の内側には木々が密集し、建物の近くはフェアウェイの如く整えられた芝が緩やかな勾配《こうばい》を描いている。

花壇《かだん》には貴族悪魔の瞳と同じ色をしたアネモネが咲き乱れ、噴水広場の壁泉《へきせん》は石の斜面《しゃめん》を絶え間なく波立たせていた。

ライトアップされた壁泉は段々の滝を描き、流水は上から下へと静かに落ちる。

理玖は携帯を手にして、零時まで二十分も残っていることを確認した。

寒い所で待つのも、今は少しも苦ではない。ゴールが見えていると、こうして待つ時間すらも楽しい気がした。馨に会ったらまず何を言うべきか考えながら、両手にホウッと息をかける。

――月、ほんとに綺麗だな……。

理玖は本館と別館の間にある噴水広場の前に立ち、すでに到着したことを馨に伝えずに黙って月を見上げた。神秘的《しんぴてき》なものを目にすると祈《いの》りたくなる心境に任せて、「馨ちゃんの病気が一日も早く治りますように」と祈る。

元はと言えば自分のせいだが、謝っても誰も喜ばないことを今はよくわかっていた。

馨から死の気配が消え、抗体を取り込んだ体が順調に自浄《じじょう》している現在、馨の両親は穏やかな面持《おもも》ちで経過を見守っている。

その一方で、本館地下の研究所ではウイルスと抗体による実験が続けられていた。

今後新たに感染者が出ても、迅速《じんそく》に抗体を摂取すれば黒星病を治せる見込みが立ったらしい。

感染後数十分で死亡するケースもあることから、抗体を薬品として携行できるよう開発を進めたり、予防接種により感染を未然に防いだりできるようにしたい——と、ルイが話していた。

抗体を得たことでキャリアの殲滅は中止され、結局、死亡したのは火災に関わった教団員のみだった。理玖の母親代わりを務めた女性も、魔族の監視下にはあるが、まだ生きている。

馨の病状が回復したこともあり、捕らえられたダークエルフは処刑《しょけい》を免《まぬか》れたという話も聞いていた。宰相のルイは、教会に於《お》ける種族格差をなくす方向で動いていたにもかかわらず、新政権発足後もダークエルフが不満を抱いていたことを重く見て、懲罰《ちょうばつ》とは別に意見を聞く気らしい。

ダークエルフが持っている可愛らしい少年のような外見が、実年齢とは一致していないことを理玖は知っていたが、その話を聞いた時は思わず胸を撫で下ろした。

繁殖力《はんしょくりょく》も攻撃力も低く、高い彫金《ちょうきん》技術と芸術的才能を誇る彼らは、前政権時代数千年に亘《わた》って女王を始めとする吸血一族に扱《こ》き使われ、奴隷《どれい》も同然だったのだ。

馨は半分吸血鬼ではあるが、かつて種族的な地位が低かった獣人《じゅうじん》や淫魔の血を引いている。そんな馨が王になって新しい時代が来たと喜ぶ者もいる反面、教会の実権を握る宰相のルイが最高位の吸血鬼であることや、先祖代々女王の愛人を務めてきた過去が邪魔して、今でも反感を持つ者がいるようだった。

しかしそれも時間の問題だろう。過渡期の混乱はあるにしても、馨が全快したらすべてがよい方向に行くと、理玖は信じている。

——僕はヴァンピールとして……ちゃんとやっていけるかな？　僕の血は、馨ちゃんにとって無害なものになったけど、そういうことじゃなくて……。

ルイや紲から、「馨の支えになって欲しい」と言われた理玖は、「頑張ります」と決意を籠めて答えたが、自分こそが支えられていることをわかっていた。馨がいない世界など考えられない。

——何百年とか数千年とか、全然実感湧かないけど……。

手袋を持ってこなかったことを後悔した理玖は、悴《かじか》む指先を擦り合わせる。

真っ白な息を吐いて温めながら、やはりこのまま、素手のままでよかったと思い直した。

零時になって馨が来たら、すぐに彼の肌に触れられる。

馨の手が温かくて……しかし余計な熱はすっかり下がっていて、指先を握ったら以前のように力強く握り返してくれたらいい。

どうか彼の体を元に戻して——もう一度月を見上げた理玖は、月の神を想像して祈る。

手を祈りの形に組み、「彼は僕の太陽なんです」と小さな声で呟《つぶや》いた。

「……っ！」

壁泉の前で祈っていた理玖は、流水の音とは別の物音を耳にする。

はっと振り向くと、本館側の植栽林《しょくさいりん》が揺れていた。何か光る物が木々の間から見える。

一歩踏みだして目を凝《こ》らすと、濃い紫色の光であることがわかった。星のような二つの光だ。

濃いとはいえ馨の瞳よりは明るい紫色で、月明かりにぎらぎらと光っている。生き物の目だとわかったが、人間の瞳と比べると遥かに大きく、そして位置も低かった。

——……動物? 大きな、黒い影……あ……っ、黒豹!?

理玖は馨が黒豹に変容してきたことに気づくなり、一気に駆けだした。

ここは魔族だらけの教会本部で、この豹が馨だという客観的な根拠《こんきょ》はない。

目の色も人型の時とは違っていたが、しかし迷うことはなかった。直感で馨だとわかる。

「馨ちゃん!」

俊足《しゅんそく》であろう豹が走りだす前に、理玖は全速力で向かっていく。

絶対に彼だと思うと、大型の肉食獣《にくしょくじゅう》に近づくことになんの抵抗もなかった。

——オーラ……見えないけど、でも間違いない。馨ちゃんだ!

自ら産みだした抗体によってヴェレーノ・ミエーレウイルスを失った理玖は、ヴァンピールになった代償《だいしょう》の如《ごと》く能力を一つ失っていた。魔族のオーラが日に日に視認しづらくなって、今ではまったく見えなくなってしまったのだ。

植栽林に飛び込んだ理玖は、白い息を吐いている黒豹を前にゼイゼイと息をつく。

動物園で見た豹の三倍近くはある、恐ろしく大きな豹だった。

艶《つや》やかな毛皮を持つ黒豹だが、微《かす》かに認められる程度の斑紋《はんもん》を持っている。

脚部には褐色《かっしょく》と濃灰色《のうかいしょく》、首元には三日月の形をした亜麻色の毛が見えた。

『オーラが見えなくなっても、俺だってわかる？』

頭の中に直接、馨の声が届く。思念会話の受信は初めての経験だったが、想像していたよりもクリアに聞こえた。むしろ普通に耳で聞くより聞き取りやすい。

「わかるよ……凄く、カッコイイから……絶対、馨ちゃんだ」

理玖は勝手に動く足に従って残りの距離を詰め、崩れるように抱き縋《すが》る。

人型ではまだ無理なのだとしても、豹の姿で会いにきてくれたことが嬉しかった。

望んでいた通り、馨の体は温かい。筋骨の重みを感じる肉体も、毛皮の柔らかさも手触りも、馨の存在感そのものが愛しくて堪らなかった。

「馨ちゃん……っ、会いたかった」

すべすべの毛皮に顔を埋《うず》めて、理玖は涙を堪える。再会が叶った時は泣かずに笑おうと決めていたのに、どうしても目が潤《うる》んでしまった。顔を見合わせると、暗紫色の瞳が星のように輝いて見える。四方八方に光のラインを拡散させ、ますます綺麗に見えた。

『完治するまで我慢できそうになかったから、変容できたら会いにいこうって、思ってた』

「うん、うん……っ」

ありがとう、嬉しい――そんな言葉を抱擁《ほうよう》に託《たく》した理玖は、半ば座り込んだ状態で黒豹の首を何度も撫《な》でる。

馨は『首、凄い気持ちいい』と満足そうに言いながら、豹の口でも「グウー」っと鳴いた。

顔や尾をすりすりと寄せてくる仕草《しぐさ》は可愛らしく、理玖は豹の馨のことも忽《たちま》ち好きになる。

もっと気持ちよくなって欲しくて、どこをどう触ったらいいのか考え、反応を見ながら指先を動かした。意思の疎通《そつう》ができるのだから言葉で訊《き》けば済むことだが、探るのがとても楽しい。

どんな姿をしていても馨は馨であり、自分は確かに彼に触れているのだ。

生きて再会を果たし、こうして温もりを分かち合っている。なんて素晴らしい奇跡だろう。

『散歩、しようか』

黒豹の馨に言われ、理玖は黙って深く頷いた。

感無量で言葉にならなかったが、馨と目を見合わせるとやはり欲深くなっていく。

もっと触れたい、もっと感じたいと思ってしまった。この姿もとても魅力的《みりょくてき》で好きだけれど、人型の彼とキスがしたい。出会ってから先、こんなに長く離れていたことはなかった。

何しろもう三週間以上も肌を合わせていないのだ。あと四、五日……たったそれだけなのに、今にも口を開いて、「絶対に見ないから抱いて」と強請《ねだ》ってしまいそうだった。

『理玖ちゃん、何か言いたそうな顔してる』

そう言う馨も、何か言いたそうだった。豹の目でも、雄の欲望は伝わってくる。

今、自分が考えていることが一方通行ではないとわかると、胸の奥から感情が迫《せ》り上がった。

触れ合って見つめ合っているだけで、お互いが何を求めているのかわかり合えるのは、一緒に過ごした時間があるからだ。たとえ仕組まれたものであっても、無駄なんて何もない。

『手ぇ繋げないから、尻尾《しっぽ》摑んで』

「いいの？　猫は尻尾を摑まれるの嫌がるよね？」

『俺は変容しても獣《けもの》の本能あんまりないから。理玖ちゃんにならどこ触られても平気』

「こう？　あ、身も太くて……ずっしり重いんだね」

『理玖ちゃんが言うとなんかエロい』

「……もう、すぐそうやって」

理玖は太い尾を握りながら照れて、これまで知らなかった馨の感触を味わう。人型の彼の体は隅々《すみずみ》まで知っているが、獣の時の体や、魔王としての馨のことはほとんど知らない。これからはお互いに隠し事をせずに向き合っていけると思うと、幸せで胸がいっぱいだった。

理玖は黒豹の尾を握り、ゆっくりと植栽林を歩く。

月が綺麗だな、綺麗だね、寒くないか、寒くないよ——そんなやり取りをしながら、最後には建物に戻る。六本の脚が向かった先は、別館の裏口だった。


目を開けても何も見えないほどの闇の中、理玖はシルクガウンの腰紐で目隠しをする。与えられた自室のベッドの上に横たわり、目隠しの下で瞼を閉じた。

静寂を裂くように、黒豹の息遣いが聞こえる。腰紐なしでシルクガウン一枚を着ていた理玖は、仰向《あおむ》けに寝ながら両手を前に伸ばした。シルクのシーツやカバーよりもつるりとした毛皮の中に、ふかっと指が埋まる。柔らかい感触だったが、その先の筋肉は研ぎ澄まされていた。

「馨ちゃ、あ……っ」

爪を隠した前脚が肩に触れ、肉球をぐいぐいと押し当てられながら胸元を舐められる。豹の舌はざらつき、シルク越しでも刺激が強かった。

左の乳首が根元から引っ張られるようで、思わず「うあっ」と声を上げてしまう。

『ごめん、痛いよな』

頭の中に馨の声が直接届き、『これならどう？』と問われた。

どうやら舌の側面を乳首に当てているようで、ざらつきは感じられない。

生温《なまあたた》かく濡れた舌で突起を捏《こ》ね回された理玖は、「平気……」と答えるなり嬌声《きょうせい》を漏らした。

目が見えなくても、自分の体の上に馨が居るのが感じられる。

掌には豹の心音が伝わり、耳は確かに呼吸音を捉えていた。

視覚を封じられたことで、他の感覚が冴《さ》え渡っている。

「……ふ、ぅ……」

漆黒の鼻をスンッと鳴らして、黒豹が顔を近づけてきた。

首筋の匂いを嗅がれ、頸動脈を舐められる。相変わらず肩には肉球が当たっていた。

しっとりとした鼻が耳の後ろに迫った時、理玖は口づけを求めて黒豹の首に触れる。

自ら口を開き、鼻の位置を頼りに舌を求めた。

「馨ちゃん……っ、ずっと、こうしたかった」

豹の頬を指で辿《たど》りながら、理玖は馨の舌に唇を寄せる。

キスした場所が舌のどの辺りかわからなかったが、ぺろりと舐めてみると豹の舌の厚みが感じられた。人とは違ってざらついている。

『そんなことすると舌が荒れちゃうだろ？』

頭の中に苦笑気味《くしょうぎみ》の声が響くと同時に、やすりのようだった舌の感触が変わる。

肩に触れていた肉球が人型の手指になり、呼吸音や気配も変わった。

毛皮で覆われていた頬は、瑞々《みずみず》しく張り詰めた皮膚になる。

ああ……人型の彼だ——そう思った時には舌が絡み合った。唇が交差する。

「ん、う……っ、は……ふ……ぅ」

「——ッ、ン……ゥ……」

火が点いたようにキスをして、互いの顔や体に触れた。

二人のキスには流れがあって、いつもスムーズに上手くできていたのに、今はどうしていいかわからないくらい乱れる。

舌を絡めるつもりが行き交ってしまったり、呼吸のタイミングが合わなかったり、濡れ過ぎた唇が滑ってしまったり——スマートで美しいキスができないのは、馨に余裕がないせいだ。

以前は理玖がどんなに求めても、馨は少しだけ……少なくとも理玖よりは冷めていた。

あのキスの上手さは、想いの薄さのせいだったのかもしれない。

「あ……ふ……ぅ！」

理玖は馨のうなじを摑んで引き寄せ、目隠しがずれそうなほど激しくキスを求めた。

同じくらいの勢いで求められ、急激に動かし過ぎた舌が痺《しび》れていく。

馨の口内は熱く、触れているうなじも熱っぽかった。

もしやまた熱が……と思っても止められず、キスをしながら肌を重ねていく。

繋がるためだけに手足が動き、理玖は真っ暗な闇の中で体を開いた。

脚の間に滑り込んでくる馨の体は、すでに限界まで兆《きざ》している。

普段は勃起《ぼっき》しても湿り気《しめけ》のない性器が、しとどに濡れているのがわかった。太腿《ふともも》を掠《かす》めた際に糸を引き、離れてもなお滴《しずく》を垂《た》らしている。

今この部屋に光源はないが、理玖には見えた気がした。馨の立派な雄茎から透明の粘液が零れ、ねっとりとした糸を引いている光景——それはきっと、目隠しの向こうにある現実だ。目で見ることは許されないけれど、せめて想像していたい。

「馨ちゃん……あ、っ……！」

唇が名残惜《なごりお》しく離れた途端、馨は足のほうへと移動した。

首筋や胸を弄《いじ》る余裕もなく理玖の膝裏《ひざうら》を摑んだ馨は、むしゃぶりつくように屹立《きつりつ》を食《は》む。

「あ、あ——っ」

理玖の性器は馨の口に深々と呑み込まれ、強く吸い上げられた。

膝裏を自分で摑むよう促された理玖は、すべてを晒しながら宙に振り上げた足を震わせる。

馨には後孔の奥まで覗《のぞ》かれてきたが、いつだって恥ずかしい思いはあった。今もそうだ。

夜目の利く彼の前で自分だけが視覚を封じられているこの状況は、いつにも増して羞恥心を刺激される。馨の目にどんな光景が映っているか、否応《いやおう》なく思い描いてしまった。

「ん、あ……や、ぁ……」

腿を経由して双丘まで手を滑《すべ》らせた馨が、性器をしゃぶりながら後孔や陰嚢《いんのう》を愛撫《あいぶ》してくる。

一気に押し寄せる快感《かいかん》に、眩暈《めまい》すら覚えるほどだった。

やんわりと馨の指を迎え入れた後孔は、その奥にある前立腺《ぜんりつせん》を弄られたくて収縮する。

袋ごと揉《も》まれる双珠には早くも絶頂感が走り抜け、気づいた時には馨の口に射精していた。

「――っ、ぅ、あ……あぁ……！」

足を広げた恰好のまま達した理玖は、喉笛《のどぶえ》を晒して痙攣《けいれん》する。

濃い物を次々と放ち、過敏になっている性器を強く吸引された。

陰茎《いんけい》全体も管《くだ》の中も、丸ごと食らうような勢いで吸い上げられる。

それでいて馨は喉を鳴らさず、唇の隙間からわざと漏らして精液を指に取り、ぬめったそれを後孔に塗《ぬ》りつけてきた。

「あ……ぁ、馨ちゃん……っ」

何も見えないはずなのに、理玖の瞼の裏には馨が映る。

彼は少しずつ顔を上げ、ぬるーっと舌を引く様を見せつけた。

「理玖ちゃん……」

目隠しをしていても、視線が繋がる。記憶の中の馨が鮮明に現れた。

以前よりも熱っぽい眼差《まなざ》しで見つめられる。発熱している体よりも、ずっと熱い。

――見える……病気が治って、元通りの綺麗な姿になった馨ちゃんが、僕には見える。

衣擦《きぬず》れの音が聞こえ、馨が身を起こすのがわかった。

腹を打つように屹立した欲望をイメージすると、一刻も早く迎え入れたくて堪らなくなる。

「ごめん、丁寧《ていねい》にするつもりだったのに」

馨は自嘲《じちょう》するように呟いて、黒豹の時と同じ体勢で覆い被さった。

理玖の視界には闇しかなかったが、しかし何も怖くはない。

シルクの腰紐に隠された瞼を閉じながら、馨に向かって両手を伸ばした。

「――丁寧にされるより、滅茶苦茶《めちゃくちゃ》にされたい」

馨らしい馨が好きだから、気遣いなんて偶《たま》にでいい。自分の傍で楽にして、のびのびしている姿を見ているのが幸せだった。したいようにして欲しい。

「……っ、理玖……！」

「う、あ……あぁ――」

硬く張り詰めた馨の雄が、ぬるつく精液を纏《まと》いながら入ってくる。

狭隘《きょうあい》な窄《すぼ》まりが、彼を迎えるために綻んだ。わずかな痛みが駆け抜ける。

ずくずくと突かれながらウエストを掴み上げられ、背中がベッドから剝《は》がされた。

そのまま両手で宙に向かって浮かされる。

まだ体が万全《ばんぜん》ではない馨は座位を求め、理玖もまた、自ら動くために馨の肩に手をかけた。

繋がったまま彼の上に座って上下にゆさゆさと舞わされると、結合が一気に深くなる。

自重《じじゅう》によって馨のすべてを受け止めた後孔が、痙攣に近い収縮を繰り返した。

「ふあ、あ……！　んぁ……！」

「――ッ、ハ……理玖……っ！」

馨の声には切なさがあり、理玖はこれまでとは違う感慨《かんがい》を覚える。

優しくされれば嬉しいけれど、何よりも馨の愛が欲しい。常に求められていたい。

当たり前過ぎて幸福だと感じるのを忘れてしまいそうになるくらい、いつも好きでいて欲しい。

自分が捧げる想いよりも少なくて構わないから、どうか、ずっと好きでいて――。

「馨、ちゃ……あ、ぁ……！」

理玖は馨の手で繰り返し持ち上げられ、そのまま深く落とされる。

座位になったにもかかわらず、自発的に腰を動かす暇もなかった。

「あっ、ぁ……あぁ――っ！」

「理玖、お前は俺だけのヴァンピールだ……もう絶対、放さない……っ」

「――ぅ、う、う……！」

望んだ通り、滅茶苦茶なキスをされる。

理玖もまた、馨の唇を求めて舌を突き入れた。

唾液《だえき》が散ろうと溢れようと、お構いなしに舌を絡め、捏《こ》ねるように唇を潰し、お互いの襟足《えりあし》をぐっと摑んで引き寄せ合う。

「く、うぅ……う、ふ……っ」

力の限り腰を揺らした理玖は、それを上回る力で突き上げられた。

頭の後ろで結んだ目隠しの末端が、胸のほうに垂れて淡《あわ》い突起を刺激する。

すぐにでも達してしまいそうな体は快楽《かいらく》に溺《おぼ》れて、やがて意識まで舞い上がった。

「ん、う……っ、は……ぁ……」

「――っ、理玖……！」

気を失う寸前、理玖は馨と両手を組み合わせる。

甘美《かんび》な闇に情炎《じょうえん》が燃え上がり、今はもう見えないはずのオーラが見えた。

暗紫色の炎のような馨の魔力――闇に属するそれがどんなに恐ろしいものだとしても、自分は彼と共に生きていく。何百年でも何千年でも、永遠に寄り添って――。

エピローグ

黒豹の姿で連日デートを繰り返した馨は、理玖に宣言した通り四日後に完全復帰を果たした。念のため週末までは教会本部に籠もり、来週からは元の生活に戻る予定になっている。

生死を彷徨っていた頃は学校のことなど何も考えなかったのに、元気になった途端単位が気になり始めた。

就職するわけにはいかない身なので留年上等だが、病欠による留年は不本意だ。

留年するなら、これだけ遊べば留年になっても仕方ない——と納得できるくらい遊び倒して、充実した日々を過ごしたうえでなければ嫌だ。

「……馨ちゃん……」

夕陽の射し込む部屋で理玖と二人で過ごしていると、可愛い寝言が聞こえてくる。

馨はソファーに深く腰掛けたまま、自分の膝に頭を乗せて寝ている理玖を見下ろした。

さらさらの黒髪の間から形のよい耳が覗き、柔らかそうな耳朶《みみたぶ》が夕陽に染まって仄赤《ほのあか》く見える。

馨が病室の出入りを解禁したのは昨日だが、それまであまり眠れていなかったらしい理玖は、ここで一緒にテレビを観ているうちに転た寝《うたね》してしまったのだ。

——膝枕って……動けないし、思ったより大変だったんだな。

膝枕のお返しに自分はよく腕枕をしてあげてるし——などと以前は思っていたのだが、実際にやってみるとこちらのほうが余程大変だった。目の前のテーブルに置かれた菓子にも飲み物にも手が届かず、テレビのチャンネルも変えられない。

理玖を起こさないようにするには自分の血を硬化させて手の代わりにするしかなく、グラスもリモコンも血液で取った。日常生活でみだりに魔力を使うことは親に禁じられているが、これは理玖の眠りを妨《さまた》げないために必要な行為だ――と、内心正当性を主張する。

――あ、誰か来る……。

今のところまだ病室と呼ばれているこの部屋に、誰かが近づいてきていた。

貴族の吸血鬼だということはすぐにわかったが、ルイかノアか、一瞬どちらか迷う。

二人は魔力のパターンが同じで、残り寿命の違いで判別するしかないのだ。

壁を隔てていると少々難しいが、ルイではなくノアだと確信できた。

控えめなノックに対して「どうぞ」と答えた馨は、部屋に入ってきたノアと視線を合わせる。

快気祝《かいきいわ》いのために今朝来日した異母弟は、理玖の寝姿を見て驚いた様子を見せた。

「……兄上の番殿は、とても可愛いですね」

「うん、ほんと可愛い。……何か用？」

「はい、折り入ってお話ししたいことがあるのですが、お時間よろしいですか？」

かつてルイと見分けがつかないほど瓜二《うりふた》つだったノアは、以前よりも若く見える姿で言った。

黒髪を長く伸ばしてルイとは異なるタイプの衣服を身に着け、生活力を得ようと色々なことに挑戦《ちょうせん》したり、趣味を持とうとしてみたり、自分探しの最中だ。

「いいけど動けないんだよね。聞かれても平気な話？」

馨は膝の上の理玖を顎《あご》の先で示しつつ、苦笑する。

生態の都合により年上に見える異母弟は、目の覚めるような美貌《びぼう》で微笑み返してきた。

「魔王の膝枕で眠るなんて、随分《ずいぶん》と度胸のある人間……いえ、ヴァンピールですね」

「いつもは逆なんだぜ」

馨はノアに向かって答えつつ、「座れば？」と促す。

ノアは「ありがとうございます」と一礼し、斜《なな》め前のソファーに腰かけた。

できれば外で秘密裏《ひみつり》に話したかったようだが、理玖に聞かれても問題ないと判断したらしい。

「兄上の快気祝いにと思いまして、朗報《ろうほう》……になり得る可能性のある話を持って参りました」

「なんだよそれ、微妙《びみょう》だな」

「本来ならば父上に先に報告するべきなのですが、私の独断で兄上に先にお伝えします。今年の夏に私が父上から命じられた、バーディアンの件です」

ルイが眠っている時間を狙い澄ましたようにやって来たノアは、思いがけないことを言う。

馨は反射的に眉《まゆ》を寄せ、「ユーリのことか？」と訊いた。

バーディアンの件……と言われれば、蒼真の番になったユーリ・ネッセルローデのことに違いないと思ったのだが、ノアは「いいえ」と否定する。

「ユーリ王子のことではなく、バーディアン一族そのもののことです。絶滅《ぜつめつ》が確定したあとも、私は父上の命令で引き続き調査を続けてきました。ホーネットの研究所は世界各地にありますし、生き残りの雌《めす》や卵を、新政権に楯突《たてつ》く者が隠している可能性がありますから」

「――っ、まさか、何か見つかったのか？」

「はい、必ずしも朗報とは言えないのですが……一応、生存している卵が二つ見つかりました。亡《な》きバーディアン王の姉君《あねぎみ》が産んだ双子の卵で、現在は私の城で保管しています」

「双子の卵……それってつまり、ユーリのいとこってことだよな？」

「はい、孵化すれば新たな王族の誕生になります。どちらも雄なら絶望的ですが……もしも雌が産まれれば絶滅は避けられる。無事に孵化すれば、の話ですが」

ノアはレザージャケットの胸元を探ると、そこからホーネット教会の紋章《もんしょう》が入った封筒を取りだす。「これが卵の写真です」と言いながら、封筒ごと差しだした。

理玖の頭を膝に乗せていた馨は思うように動けず、限界まで身を乗りだしてそれを受け取る。

中には数枚の写真が入っていて、どれも卵を写した物だった。大きさがわかるようメジャーや鶏卵《けいらん》が添えられた写真もあり、高さ約四十センチの巨大な卵だと見て取れる。

「——っ、この日付……」

馨が驚いたのは、卵の大きさよりも産卵日が記載されたパネルの日付だった。

慌ててノアの顔を見ると、「卵は徐々に大きくなり、通常は百年で孵化します」と言われる。

それは馨も知っていた。バーディアンの卵は、本来ならきっかり百年で孵化するものだ。

朗報とは言い切れない理由に気づいた馨は、ごくりと喉を鳴らした。

蒼真を襲ったバーディアンに制裁を加えた結果、直接殺したわけではないものの、追い詰めて滅亡《めつぼう》させてしまった自覚があったので、できることならこの卵が孵《かえ》ればいいと思っている。

しかし写真に写り込んでいる産卵日は、今から百二十年も前だった。

「幸い卵は二つとも生きていますし、ユーリ王子なら……孵化が遅れている理由や、孵化させる方法を知っているかもしれません。これまでは訊ける相手がいなかったので、孵化を促《うなが》すための様々な実験が行われていました。そして女王陛下《へいか》が身罷《みまか》られた直後に、陛下の息子達の手で盗《ぬす》みだされていたのです。研究所の所員は彼らの眷属でしたから、徹底《てってい》して口を噤《つぐ》んでいました」

「じゃあ、どうやって見つけだしたんだ？」

「世界各地の研究室に設置されている防犯カメラの記録映像を調べさせました。各研究所に政権交代の報が届く前に、慌てて出入りした怪しい貴族を見つけだし、そのあとは、盗んだ卵の保管場所を吐かせるために、まあ、色々と……」

「色々って、大丈夫なのか？」

「ご心配なく」

にこりと笑ったノアは、それ以上は訊かせない空気を漂《ただよ》わせており、馨は少々心配になる。

兄の自分や、父親のルイの役に立とうとしているのはわかるのだが、独り離れて暮らしているノアが、遠い異国で無茶なことをしていないといいなと思った。

「黒星病の治療に当たって、兄上はユーリ王子に借りができてしまったと仰《おっしゃ》っていましたから、双子の卵を彼の手に渡すことで借りを返せるかと思いまして」

「うーん、元々俺がやり過ぎちゃった感あるし、プラマイゼロにはならないな。アイツの仲間を殺す気はなかったんだけど、結果的に殺したも同然だし」

「兄上は李蒼真《リーツァンヅェン》のことになると冷静さを失いますからね」

「やられたのがお前だったとしても、同じことをしたと思うぜ」

馨は年上にしか見えない弟に対して、くすっと笑いかける。

その途端に頬を赤らめたノアは、長い髪で顔を隠すように俯いて、「ご冗談を」と呟いた。

なんだか可愛いなと思っていると、ノアは軽く咳《せき》払いをしてから立ち上がる。

彫刻《ちょうこく》の如き美貌を際立たせる雪色の肌は、やはりほんのりと赤かった。

「父上が起きてきたら卵の件を報告しますが……よろしいですか？　誰にも秘密で葬《ほうむ》ってしまえなんて、兄上は仰らないでしょう？　貴方《あなた》が望むなら私は如何様《いかよう》にも致しますが」

「怖いこと言うなって」

「申し訳ありません。しかしながら……バーディアンの卵が無事に孵化した場合に李蒼真がどうするかということは、気にならないのですか？　恋人を得ると寛容になるのでしょうか？」

ノアの問いに、馨は理玖の髪を撫でつつ考え込む。

蒼真はすんなりと受け入れて、「一緒に育てる」と言うだろうなと察しがついた。元より、命懸《いのちが》けで友人の息子を育てた男だ。恋人の小さないとこを見捨てるわけがない。

「……別に。無事に孵化するかわからないけど、したら四人で平和に暮らすだけだろ？」

「平和……なのでしょうか？　もしも雌が産まれたら、種族の絶滅を避けるためにユーリ王子が種付けしなければなりません。李蒼真は、それでも卵を受け入れるのでしょうか？」

「あー……全然余裕。そんなの問題にしてジメジメ考えるタイプじゃないから。その分ユーリは悩むだろうけど、蒼真が適当になんとかするだろ。俺達が心配するようなことじゃない」

「承知しました。では父上に報告しておきます。お時間を取らせてすみません」

ノアは馨の手から写真と封筒を受け取ると、再び一礼して去る。

その背中で揺れる長い黒髪を見ながら、馨は同じ黒髪のユーリのことを思った。

雌が誕生した場合は何かしらの波乱があるかもしれないが、馨にはユーリと蒼真の結びつきが深くなる未来しか想像できない。

蒼真が他人の子供達を可愛がるのかと思うと、甥《おい》としての嫉妬《しっと》はあった。

しかしだからといって壊《こわ》したいとは思わず、今はどうにか受け入れられる。

蒼真が幸せなのはもちろん、ユーリも幸せになり、残されたバーディアンの子供達も健《すこ》やかに育てばいいと、心から願うことができた。

「理玖ちゃんのおかげで、性格円《まる》くなったみたい」

寝ている理玖に向かって呟くと、膝にかかっていた重みがなくなる。

むくりと起き上がった理玖が、眠気の飛んだ顔でじいっと見上げてきた。

どうやら起きていたらしく、「そうかな、僕は逆だよ」と、意外なことを言ってくる。

「──なんで逆？　俺のせいで性格キツくなるってこと？」

「なるよ。ますます嫉妬深くなるし、今も胃がキリッてなった。馨ちゃん天然のタラシだから」

理玖は頬を膨らませつつ、上目遣いで睨《にら》んでくる。

おかしなことをした覚えのない馨は少々心外だったが、理玖の表情が可愛いのでそんなことはどうでもよくなってしまった。

「ユーリさん、よかったね」

「そうだな、双子の白鳥ってどんなだろ？」

「ピヨピヨーって鳴くのかな？　きっと可愛いんだろうね」

「あ、それ可愛い。もっと言って」

馨は「ピヨピヨ？」と小首を傾《かし》げる理玖の頬をつつき、破顔《はがん》する。

お互いの体を擽《くすぐ》りつつ抱き合って、「ピヨピヨ」と鳴き真似しながらキスをした。

あとがき

こんにちは、犬飼《いぬかい》ののです。本書をお手に取っていただきありがとうございました。

本書は『砕《くだ》け散《ち》る薔薇《ばら》の宿命《しゅくめい》』『乱《みだ》れ咲《さ》く薔薇《ばら》の宿命《しゅくめい》』『焦《こが》れ舞《ま》う薔薇《ばら》の宿命《しゅくめい》』『咲《さ》き誇《ほこ》る薔薇《ばら》の宿命《しゅくめい》』『悪魔《あくま》のバカンス（ラブ・コレ9ｔｈアニバーサリー）』『慈愛《じあい》の翼《つばさ》～紫眼《しがん》の豹《ひょう》と漆黒《しっこく》の鳥《ちょう》～』に続くスピンオフ作品第二弾になっております。

これだけでもお読みいただけるように書きましたが、ルイと紲《せつ》の愛の日々や蒼真《そうま》とユーリの恋、馨《かおる》の活躍や失恋など、ご興味がありましたら前出の六冊をお手に取ってください。

本書の時代についてですが、本編二作目の時代を、ガラケーからスマホ移行が盛んな年として書いていたので、そこから約二十年後を近未来っぽくせずに書くのはどうしたらいいのかと悩みました。携帯という言葉すら使われていない気がして……。その頃はメールとかチャットとか、接触可能なホログラムの技術とか、いったいどうなっているのやらです。

今回はページが足りずに書き切れなかったバーディアンの件――こちらは『慈愛の翼』と本書を合わせた続編的番外という感じで、ラブ・コレ10ｔｈに載せていただく予定です。是非よろしくお願い致します。

余談ですが作中の用語に関して少々。『黒星病』は雰囲気に合わせてコクセイビョウとルビを振っていただきましたが、園芸用語ではクロボシビョウで、薔薇や林檎が罹《かか》る病気です。

最後になりましたが、いつもイメージ以上のイラストを描いてくださる國沢智《くにさわとも》先生、関係者の皆様、そして応援してくださる読者様に心より感謝致します。本当にありがとうございました。

Lovers Label

蜜毒の罠～薔薇の王と危険な恋人～

ラヴァーズ文庫をお買い上げいただき
ありがとうございます。
この作品を読んでのご意見・ご感想を
お聞かせください。
あて先は下記の通りです。

〒102－0072
東京都千代田区飯田橋2-7-3
(株)竹書房 ラヴァーズ文庫編集部
犬飼のの先生係
國沢 智先生係

2014年5月31日
初版第1刷発行

●著 者
犬飼のの ©NONO INUKAI
●イラスト
國沢 智 ©TOMO KUNISAWA

●発行者 後藤明信
●発行所 株式会社 竹書房
〒102－0072
東京都千代田区飯田橋2-7-3
電話 03(3264)1576(代表)
03(3234)6246(編集部)
振替 00170-2-179210
●ホームページ
http://bl.takeshobo.co.jp/

●印刷所 共同印刷株式会社
●本文デザイン Creative·Sano·Japan

ISBN 978-4-8124-8907-9 C 0193